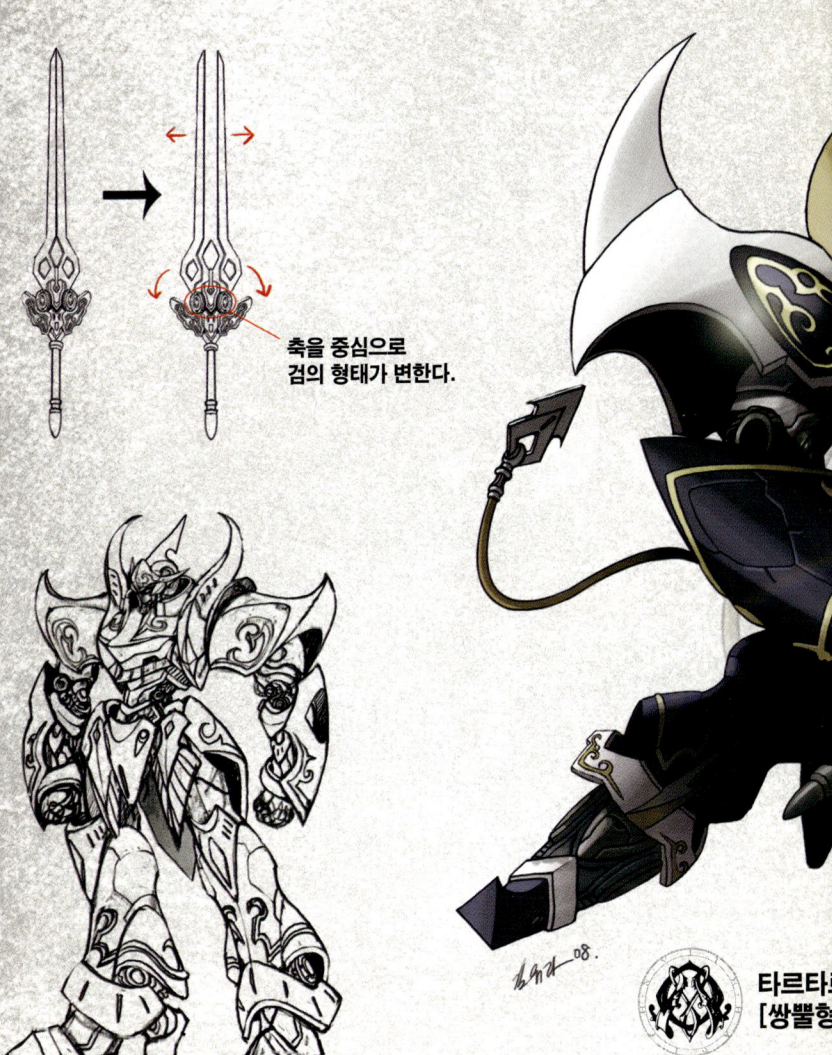

축을 중심으로
검의 형태가 변한다.

초기단계 러프 컨셉

타르타로
[쌍뿔형

스계 유물조합
나이트 골렘]

권경욱 게임 판타지 소설

기갑
전기 매서커

GAME FANTASY STORY

# 기갑전기 매서커 1

## 권경목 게임 판타지 소설

초판 1쇄 찍은 날 § 2008년 4월 18일
초판 1쇄 펴낸 날 § 2008년 4월 28일

지은이 § 권경목
펴낸이 § 서경석

편집장 § 문혜영
편집책임 § 문정흠

펴낸곳 § 도서출판 청어람
등록번호 § 제1081-1-89호
등록일자 § 1999. 5. 31
어람번호 § 제1-0963호

주소 § 경기도 부천시 원미구 심곡1동 350-1 남성B/D 3F (우) 420-011
전화 § 032-656-4452  팩스 § 032-656-4453
http://www.chungeoram.com
E-mail § eoram99@chollian.net

ⓒ 권경목, 2008

ISBN 978-89-251-1286-2 04810
ISBN 978-89-251-1285-5 (세트)

!경목 게임 판타지 소설

# 기갑 전기 매서커

## GAME FANTASY STORY

매서커 편

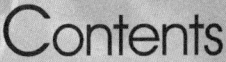
## Contents

## 작가 서문

독자 여러분, 안녕하십니까.

나이트 골렘, 세븐 메이지의 창작인 권경목입니다.

새로운 타이틀인 '기갑전기 매서커' 로 여러분을 찾아왔습니다.

이번 신작은 드문 소재인 게임 기갑물입니다.

새로운 글을 쓰면서 많이 고민했고 시행착오를 겪었습니다.

새로운 이야기에서 독자들에게 즐길거리를 충분히 제시하였나?

독자들이 이 이야기 속 장면에서 엔터테이먼트 요소를 찾았을까?

독자들이 주인공에 공감하고 몰입되었을까?

혹시 나만 즐기고 있는 거 아냐?

삼 년째 글을 쓰면서 이번 작품처럼 이 물음을 되짚어보면서 쓴 적이 없는 것 같습니다.

독자의 시선으로 돌아가 제 자신이 독자가 되어본 작품을 읽어보기를 게을리하지 않았습니다. 독자가 되어…….

그렇습니다.

창작인이 신이 아니고 '독자'가 신입니다.

저는 독자의 심판을 겸허하게 기다려야 되는 창작인인 것입니다. 그만큼 독자의 판단은 냉정하고 정확합니다.

창작인이 잠시라도 한눈팔고 건방을 떨면 독자님들은 바로 알아보시고 '외면 철퇴'를 떨어뜨립니다.

그럼 장르 작가로서 독자의 철퇴를 맞지 않으려면?

중학생 친구가 보면 과제물이 떠오르지 않고, 지친 일반인들이 보면 고단한 일과를 잊어버리게 하는 것.

활자로 정제된 마약 제조!

제 역할인 겁니다.

글에서 강한 중독성과 가독성이 떨어지지 않도록!!

ㄱ 역할에 충실하도록 망상을 키우고 아이디어를 쥐어짰습니다.

고민은 많았지만 신나고 즐겁게 썼습니다. 즐겨주십시오.

제가 복 많은 창작인임을 부인할 수 없습니다.

기갑전기 매서커가 책으로 나오기까지 수많은 도움을 받았습니다.

클로즈 베타 테스터로 참여한 문정홈 편집인과 오픈 베타 테스터로 참가한 김운영 작가의 노고에 감사의 마음을 전합니다.

'메카닉 디자이너' 김유라님이 표지 일러스트부터 속지 컨셉화까지 이미지 작업을 맡아주셨습니다. 실제 온라인 게임 개발사에서 캐릭터 디자인을 담당하신 분입니다.

속지에 있는 이미지는 게임을 만들 때 사용하는 컨셉화입니다. 이분께 같은 창작인으로서 박수를 보냅니다.

게임 이미지창 아이디어와 디자인 해준 장형준 과장님, 큰 도움이 되었습니다.

신세를 지고 있는 청어람 식구분께 감사의 마음을 함께 전합니다.

그리고 전작 세븐 메이지는 마지막 권인 관계로 공을 들이고 있습니다. 곧, 찾아뵐 것입니다.


자, 그럼.

독자 여러분, 권경목의 아스트랄계로 여행을 떠날 준비가 되셨는지요?!

창작인 권경목, 여러분을 모실 준비를 마쳤습니다!

그럼 기갑선기 매서거! 매서거, 출동합니다!!

출동－!!

# 프롤로그

"대항전에 지원하고자 합니다."

"길드 소속입니까?"

"아니요, 클랜에도 소속되어 있지 않습니다. 개인적으로 참가하고자 합니다. 전 골렘 오너입니다."

"예비 골렘 오너는 충분합니다. 골렘이 태부족이죠. 상대는 미국입니다. 마음은 감사히 받겠습니다. 전장 밖에서 응원해 주셔도 큰 힘이 될 것입니다."

"골렘을 소유하고 참가하려는 겁니다."

"예?"

말과 동시에 골렘이 봉인된 미스릴 카드를 보여주자 국가 대항전을 준비하는 운영위원의 눈이 커졌다.

개인이 골렘을 소유하고 있다는 것도 놀라운데 국가전에 참가하겠다니! 믿기지 않았다.

"정말로 개인 소유 골렘으로 국가전에 지원하시겠다고요?"

"그렇습니다."

"이건 국가 대항전입니다. 반파되어도 수리비를 본인이 부담해야 되고 완파당하면 전쟁에 승리해도 만신창이가 된 기체만 남을 수 있습니다."

"알고 왔습니다."

운영위원은 뭐 이런 재벌 아들을 보았나 하는 표정을 지었다. 현재 게임상에서 양산형 골렘이 쏟아져 나오는 시기인 건 맞다. 하나 최소 재료 값만 해도 어지간한 소형차 가격과 맞먹는다.

기본 재료비가 그럴진대 조립비에 이공간 봉인비, 장갑 부착비 등 장비비를 따지면 어지간한 준중형차 값이 나온다.

"허, 골렘이 한 기라도 아쉬운 상태라 반갑기는 한데…….
좋습니다. 참가자 명단에 올리겠습니다. 이름을?"

"매서커로 등록해 주십시오."

"익명이군요. 시간이 없으니 부대 지정부터 하겠습니다.
아군 골렘 간 우호 통신 채널은 44번이고, 매서커님의 군번은 M17입니다. 여기 진형 배치도 데이터를 보십시오. 군번과 같은 M17번 자리가 매서커님이 소속될 군단입니다."

"M17번."

첫 번째 대열에서 가로로 일곱 번째, 원하는 대로 첫 번째 열이다.

"참고로 골렘의 등급은?"

"솔져 급, 부분 중장갑, 후방 탑승형입니다."

"초기 던전형이군요."

"기특한 녀석이죠."

운영위원은 고개를 끄덕이더니 사무적인 어투로 돌아왔다.

"진형 지휘는 M0가 할 것입니다. 드문 엘리트 골렘 오너로, 든든한 지휘자입니다. 진형이 흩어진 다음 개별 지휘는 M11의 지휘를 받으십시오. 그도 M0 못지않은 유능한 골렘 오너입니다."

운영위원은 그렇게 부대 지정을 해버리곤 빠르게 돌아섰다.

배치도상의 M군단이 어떤 용도로 사용되는 군단인지 알기에 그래서 지원한 골렘 오너의 경력을 묻지 않았다. 일부러 묻지 않은 것일 수도 있다. 그만큼 경력에 맞추어 대우하기엔 시간이 촉박한 것이다.

"진형 지휘를 엘리트 골렘 오너께서 하신다라… 잘할 수 있으려나."

M0가 어떤 유저인지 궁금하지도 않다.

골렘이 열 기만 동원되어도 게임 방송에서 시끄럽게 들러붙는다. E&T 세계 어디에도 난전의 전문가가 있을 수 없고 집단전을 지휘할 만한 유저는 더욱 극소수이기에. 단지 킬 마크가 많다는 이유로 리더를 믿고 의지한다는 것 자체가 말이 안 되었다.

전송받은 배치도를 열어보았다.

M군단의 위치가 최전선 돌출부에 표시되어 있었다.

선두와 선두가 반드시 격돌해야 하는 소모전의 시작점이자 승패의 종착점인 곳이다.

그렇다.

좋은 말로 승패의 시금석, 노골적으로 말해 적에게 던져 주는 먹잇감이다.


죽을 자리!

딱이다, 이곳을 원했다.

# Act 01
타르타로스에서 온 작은 학살자

機甲戰記
Massacre
기갑전기 매서커

대한민국은 줄을 세우고 가두기를 좋아한다.

그래야 생존한다고 당당히 가르친다.

가상 세계에서까지 줄을 세우고 그들만의 박스를 구축한다.

그 박스 안으로 이물질 하나가 들어왔다.

"뭐야?! 결원을 최우선적으로 보충해 준다고 해놓고 온 게 달랑 한 기? 그것도 솔져 골렘! 허, 미칠 노릇이군."

"이거 M군단이 아무리 파산 길드의 집합이라지만 너무하는 거 아냐?"

"우리들의 골렘으로 비리게이드를 쌓으려는 거지 뭐야?!"

"버려진 패야… 버려진 거야."

툴툴, 누구도 반기지 않았다.

M군단 소속 골렘 오너들은 나를 마지못해 서먹하고 어정 쩡하게 맞아주었다. 결원이 넘치는 지금, 그들로선 선택의 여지가 없을 테지.

대신 국가 대항전을 지휘하는 거대 길드나 운영위원회에 대한 성토만 활활 타오르나 보군.

안면을 트려고 하는 유저도 없었다.

오늘 하루만 지나면 볼일 없는 대상으로 취급함이다.

"훗."

난 신경을 꺼버렸다.

조용히 눈을 감고 가상 세계와의 동화율을 올렸다 내렸다 를 조정하며 대항전의 시간을 기다렸다.

지오님의 동화율이 33퍼센트에 달합니다.

지오님의 동화율이 88퍼센트에 달합니다.

지오님의 동화율이 44퍼센트에 달합니다.

경험상 E&T는 레벨도, 스킬도, 히든 클래스도 소용없는 동화율 게임이다. 가상 세계에 자신을 녹이면 녹일수록 퀘스트도 생기고 즐길거리도 늘어나게 되어 있다.

동화율, 또 다른 현실을 얼마만큼 받아들이느냐다.


대한민국이 20년 만의 월드컵 본선에 진출했지만 열기는 일지 않았다. 광장 응원도 흐지부지 시들하다. 나라 전체가 미지근했다. 대한민국은 양철 냄비처럼 끓어오르는 것마저 잊었다.

대신 E&T의 가상 공간에서 벌어지는 전쟁에 더 많은 시청자들의 관심이 모아져 있다. 이미 대한민국에선 'E—스포츠의 메카'라는 타이틀만이 국민들의 자존심을 지켜주는 아이콘이 된 지 오래다. 수만에 달하는 이해 당사자가 얽혀서 이 대항전을 준비하고 있다.

시간이 되었나 보군.

화면 하단에 10대 후반 미인의 형상이 3차원 홀로그램 영상으로 나타났다. 그녀는 E&T 세계관에 충실한 우아한 예복을 걸쳤고, 마치 손바닥에서 춤을 출 것 같은 요정만 한 크기다.

눈에 익은 얼굴과 어디선가 들어본 음성의 주인공이다.

담비라는 이름의 캐릭으로, E&T 곳곳을 여행하며 이벤트 및 방송 프로를 진행하는 방송 연예인이다. E&T 공식 '여동생'으로, 깜찍하고 귀여운 모습은 딱딱한 예복 속에서도 발랄하게 빛이 났다.

—안녕하세요, E&T 유저 여러분! 첫 국가 대항전이 벌어질 '패권의 평원'입니다. 저는 중계를 맡은 일명 담비, 담은희 캐스터입니다.

34회 월드컵 축하 이벤트로 저희 E&T 엔터테인먼트가 개최하는 국가 대항전이 월드컵 조 추첨의 결과에 따라 곧 이루어질 예정입니다.

뉴질랜드 월드컵 개막전 첫 경기인 대한민국 대 미국, 미국 대 대한민국의 축구 경기 시작과 함께 이곳에서 양국 유저들이 자국의 명예를 걸고 개전하게 되는 것입니다. 기대되고 떨립니다.

11인이 경기하는 축구 경기와 달리 국가 대항전은 유저들의 소속 국가가 보유한 모든 가상 자원을 총동원한 총력전으로 이루어지기 때문이죠. 과연 E&T의 최강국을 가리는 이 대항전의 최초 패권국이 누가 될지 기대됩니다.

대한민국 600만 유저와 미국의 2,400만 유저 사이의 자존심을 건 한판 대결! 10분 뒤 곧 시작됩니다.

전투의 전 과정을 여러분의 여동생 담비가 생생하게 전해 드리겠습니다.

그럼 전 전선 지휘부가 있는 상황실로 이동하겠습니다.


월드컵 조 추첨이 끝난 뒤부터 질리도록 들어왔던 이야기들이 두서없이 흘러나왔다.

이런 걸 보고 있으면 동화율만 떨어진다. 난 방송 화면이 흘러나오는 하단 화상창을 잠궜다.

현실의 전쟁터에서도 현장 중계를 시작한 지 수십 년이 지났지만 전장에 선 군인들이 연예인처럼 부각되진 않는다.

그러나 가상 세계의 전쟁은 그 뿜어져 나오는 역동성과 드라마성으로 인해 가상의 영웅이 현실의 영웅으로 연결되었다. 폭력을 휘두르지만 그 속에선 아무도 죽는 않는다는 것을 알기에…….

결국 가상 세계에서 영웅을 찾는 활동이 활발해졌다.

오늘의 국가 대항전도 그 영웅을 발굴하기 위한 이벤트라 해도 과언이 아니다. 수백 대의 광학 센서가 멋진 화면을 발굴하기 위해 가상 공간에 흩어신 채 오늘 벌어질 전투를 기록할 것이다.

뚜뚜―

우호 통신이 열결되는 신호가 울리며 또래의 사근사근한 음성이 흘러나왔다.

[반갑습니다, M군단 동지 여러분! 군단 지휘를 맡은 M0입니다. 그간 훈련에 잘 따라주셔서 감사합니다. 열악한 상황임에도 이렇게 동료를 저버리지 않고 참여해 주신 여러분께 진심으로 감사합니다. 또 이다음 대전 상대인 아르헨티나를 상대할 때 다시 만닐 수 있기를 기원합니다.]

"……."

대한민국의 첫 대전국은 미국, 그 미국이다. 여전한 미국.

E&T 유저가 한국의 4배에 달하고 이벤트를 즐길 수 있는 경제력도 넘쳐 나는 엉클 톰.

경제가 궤도에 오른 아르헨티나도 신흥 강국 반열에 올랐지만 가상 스포츠 역사에선 미국에 비할 바가 아니다.

사실 오늘 관심의 초점도 과연 미국이 대한민국을 어떻게 요리할지에 맞춰져 있다.

한국의 다음 상대가 아르헨티나라면 미국의 다음 상대는 유저 일천만의 독일이다. 미국의 입장은 대한민국을 상대로 많은 전력을 건사한 채 독일전에 대비해야 하는 것이다.

대한민국 역시 이 첫 전쟁에서 많은 전력을 보전해 독일전에 패한 아르헨티나를 상대로 낙승한 다음, 미국을 상대해 만신창이가 된 독일에 이기겠다는 식의 예상 전술을 세워놓고 있다.

뚜룽—

[M0입니다. 모두 골렘 소환 준비에 드십시오. 이후, 통솔의 편의를 위해서 반말을 하게 됨을 양해해 주십시오.]

"……."

이해한다.

골렘 오너라면 영주전부터 거대 길드전까지 무수한 사선을 넘은 유저들이기에.

사근하던 M0의 목소리에 힘이 들어갔다.

[전체 오너— 위치로—!]

[위치로!!]

모두들 일제히 복창하며 골렘을 소환할 위치를 견주고 흩어졌다. 사기가 떨어질 대로 떨어진 유저들이지만 M0의 명령에 충실히 따랐다. 말을 안 해도 힘이 부족하니 조직력만이라도 압도해야 한다는 공감대가 공기 중에 흐르고 있었다.

[일제 소환!]

[소환!!]

M군단에 배치된 골렘 오너들이 골렘이 봉인된 카드를 허공에 빼 들었다. 카드 모양은 각양각색이나 오직 재질만큼은 백색의 마법 금속, 미스릴이다.

골렘 오너들은 각자의 방식으로 강철의 친구를 불러냈다.

[작은 열망이 차가운 생명에 꽃을 피웠다!]

[어둠의 인도자여, 나를 검은빛의 대지로……]

[강철 주전자, 잇츠 티 타임!]

[친구 중의 친구, 내 부름에 응하라—]

[거대하고 듬직한 친구, 새 옷이 필요하지 않나—]

오너의 개성이 담긴 무수한 영창 구호가 대기에 울려 퍼지자 미스릴 카드의 전면에서 형형색색의 빛이 터져 나왔다.

이공간 봉인이 풀리는 모습이다.

츄화앙— 화라라랏—!

소용돌이치는 빛의 평면에서 듬직듬직한 윤곽이 서서히 삐져나오기 시작했다.

동시에 1.4킬로미터 전방의 미국 진영에서도 형형색색의 빛의 소용돌이가 뿜어져 나왔다.

후우우웅, 트텅! 쿵— 쿵— 쿵—!

땅이 흔들리는 진동이 낮게 깔리며 대지에는 강철거인들이 그 웅장한 자태를 드러냈다.

M군단의 골렘들은 대부분이 6.5미터의 솔져 급 골렘들로 이루어져 있었다. 네다섯 기 정도씩 같은 형식의 부가 장갑을 착용하고 있었다.

M군단의 골렘 기체 수는 총 42대.

[오너 탑승!!]

[탑승!!]

골렘 형상은 제각각이지만 머리가 들린 다음 양가슴이 활짝 열리며 골렘 오너들을 넙죽 받아먹는 모습은 비슷했다. 오너의 탑승이 제일 신속히 이루어진다는 전방 탑승형이다.

오직 단 한 기의 골렘만이 등 장갑이 풍뎅이 날개 펼치듯 열리며 탑승자를 받아들였다. 바로 나의 '작은 학살자' 다.

탑승하자마자 미스릴 카드를 키 자리에 밀어 넣었다.


츄우우우우우웅웅—!!

마나 엔진이 압축된 마나를 밀어내며 굉음을 토해냈다. 천둥이 일제히 떨어진 다음, 말이 잦은 발걸음으로 내달리는 식으로 서서히 소리가 잦아들었다.

이렇게 양측 모두 골렘의 소환을 마쳤다.

600대 1,200의 골렘이 대치하며 앉아 있자 철벽이 마주 보고 서 있는 것과 같은 그림이다.

매서커 지오님이 '작은 학살자'와 일체화에 들어갑니다.
당신의 생명을 '작은 학살자'에 부여하십시오.

동화율을 끌어올린 후 양 손바닥에 놓여진 마력구를 통해 마나를 불어넣었다.

슈우우우웅-

마력구를 통해 전해진 마나가 골렘의 기관을 거쳐 주요 마법진들을 하나씩 깨워냈다.

활성 마법진 상태를 보고합니다.
동작 제어 마법진이 활성화되었습니다.
피해 반탄 방어진이 활성화되었습니다.
정령 반탄 방어진이 활성화되었습니다.
마법 반탄 방어진이 활성화되었습니다.
마나 엔진이 원활하게 직통합니다.

···원활하게 작동합니다.

···원활하게 작동합니다

···마법진 간 연결이 양호합니다.

골렘과 일체화 정도가 66퍼센트에 달합니다.

'작은 학살자'는 당신의 의지에 응답할 준비를 모두 마쳤습니다.


타타타탁—

일체화를 마친 증거로 골렘 상태창이 열렸다 닫혔다.


# Golem Status

골렘 등급:솔져.          부여받은 이름:작은 학살자.

내구력:659,877          마나 출력:185,455

누드 중량:22.3톤.

운전 중량:28.3톤.

최대 운전 중량:33.7톤.

외관 상태:내장갑 상태에서 부분 중장갑 착용 상태.

　　　　출력 저하 없이 5.6톤의 외장갑을 더 부착할 수 있으며 내구

　　　　력을 증가시킬 여지가 있습니다.

기관 상태:마나 싱크로나이저, 마도시대 순정품 사용.

　　　　마나 엔진, 마도시대 순정품 사용.

　　　　마나 펌프, 마도시대 순정품 사용.

마나 컨트롤러, 마도시대 순정품 사용.

마나 제너레이터, 마도시대 순정품 사용.

…….

정비를 완벽히 마친 상태입니다.

무장 상태:해머픽 한 개, 워액스 한 개, 숏 소드 한 개, 스몰 라운드

쉴드 한 개.

기동 상태:오너의 신체적 능력에 절대적으로 의지합니다.

기동 시간:최대 출력으로 한 시간 기동 가능.

정속 출력으로 4시간 기동 가능.

대기 상태 유지 시간 8시간 대기 가능.

외관 등급이 솔저 급이지 실제로는 나이트 급에 준하는 내부 사양이다.

전적:28기의 솔져 골렘과 12기의 나이트 골렘을 완파시킴. 31차례
공성전 참가. 10차례 성을 방어했고, 8차례 성벽을 허물었습니다.

참전 기장은 내장갑에 마크되어 있어 드러나지 않고 있습니다.

잦은 전투에도 불구하고 그 위력은 더욱 강해지고 있습니다.

전적에 따른 개조의 여지가 충분히 있습니다.

마나구의 색이 백색에서 푸른색으로 변하며 기동 완료를 알려왔다. 이 전장에 나온 어느 누구보다도 전투준비를 빨리 마친 것이다.

　'작은 학살자'를 일으켜 세웠다.

　구우우우, 처청ㅡ!

　그러자 근접 우호 통신이 양쪽에서 동시에 들어왔다.

　[M17, 여기는 M18. 침착하라고. 전투를 시작하려면 아직 멀었어.]

　[이봐, M17! 나는 M16인데, 너무 급한 거 아냐? 전투가 시작된 다음 허둥거리면 내 손에 죽을 줄 알아?!]

　M16의 목소리엔 적의가 노골적으로 깔려 있군.

　아까 얼핏 본 M16은 20대 초의 매력적인 단발머리 아가씨였다. 악수하러 내민 손을 매몰차게 쳐버리며 행사를 주관하는 지휘부에 대한 적의를 터뜨렸다. 얼굴과 달리 성깔은 장난이 아니다.

　첫 만남부터 '돈 많은 도련님 행차시오ㅡ'라고 비아냥거렸다.

　반면 우측편 M18은 20대 후반의 유쾌한 청년으로 수많은 전투 참가 기장으로 자신의 골렘을 치장해 놓고 있었다.

　은근히 과시욕이 느껴지는 청년이었다.

　[허허, M16… 성질하곤. M17, 늦지 않았으니까 다시 점검하라고.]

말은 고와도 그 역시 갑자기 일어난 M17을 보고 전투 중에 신경 쓸 혹이 붙었다고 생각하는 게 분명했다. M16의 씩씩거리는 숨소리가 고스란히 전해졌다.

팀웍을 몇 주간이나 맞추어놓았는데 원래 참여했던 유저가 나타나지 않자 그 실망을 엄한 대상에게 터뜨리고 싶은 것이다.

"그럴 만도 하지."

M군단을 비롯해 최전선에 배치된 군단일수록 이탈자가 많았다. 빽빽한 대열 곳곳에서 옥수수 이빨 빠진 것 같은 듬성거림이 바로 그 증거.

방송에선 천여 기의 골렘들이 집결할 것이라 예상했었다.

그러나 결과는 600여 기의 참여로 나타났고, 나타나지 않은 이들은 대다수가 개인 소유 골렘 오너들이다. 소속 군단의 배치가 최전선만 아니었다면 난전 속에 떨어지는 전리품을 노리고 참여했을 테지만……

[개인 참가자는 없느니만 못하다고.]

[M16, 그만 좀 해. 싸우겠다고 와주신 고마운 분이야.]

[흥, 어깨 장갑에 그 흔한 캐슬 마크 하나 없는 거 봤잖아? 어디서 중고 골렘을 현질해서 구한 거겠지. 국가전에 참여했다는 기장이나 챙기러 나온 거야. 척 보면 몰라?!]

[거참, 그래도… 앞만 집중하자고.]

[흥, M17! 잘 들어둬. 등을 보이거나 걸리적거리면 내가 베

어버리겠어……]

"……."

말끝이 떨리는 게 전투 전의 불안감이 고스란히 느껴졌다.

M16의 골렘 어깨 장갑엔 킬 마크가 3개나 그려져 있다만 이와 같은 집단전의 성과는 아닐 것이다.

불특정 다수가 격돌하는 전쟁은 소수 간의 겨룸과는 전혀 다르다. 앞뿐만 아니라 전후좌우 소홀함 없이 살펴야 하는데, 거대 길드 간의 쟁패가 아니면 그런 난전을 경험하기 힘들다.

그래서 집단전은 그녀와 같은 정직한 듀얼리스트들의 무덤이다.

여하튼 이보다 더한 내부 신경전은 숱하게 겪었다. 다 무시하고 적들의 움직임만 눈에 담았다.

[이봐?! 왜 말이 없어?!]

"……."

[이 작자가, 끝까지 씹네!]

거참, 성격하고는. 어쩔 수 없이 적당한 멘트를 날렸다.

"적이 움직이기 시작했습니다."

[어디?!]

M16이 부리는 짜증에서 구해준 것은 '엉클 톰'이었다.

1,200여 기의 골렘이 우르르 일어나 자유분방하게 전진하기 시작했다. 대열도, 규칙도 없다.

포위하겠다는 심산인가? 아니면 그냥 각자 독립적인 시야를 확보하려는 생각에선지 그저 넓게 대형을 펼쳐서 내려왔다.

철벽의 전진!

구구구구구궁—

잔돌이 타닥타닥 튀어오르더니 땅이 흔들리기 시작했다.

[으, 온다…….]

M16의 작게 떠는 혼잣말이 바로 들려왔다.

통신이나 닫을 것이지.

한국 측 지휘부의 반응은 없었다.

미국 측의 전진에 한국 측은 장방형 군단을 쐐기 모양으로 포진시킨 채 기다리는 게 다였다. 대항전을 주관하는 거대 길드의 운영위원들은 여전히 쐐기 대형을 고집했다.

방어하는 처지에 쐐기 대형이라… 선두 군단만 떼어버리고 후퇴하긴 좋겠지.

그 쐐기의 정점에 있는 군단이 40여 기로 이루어진 M군단으로, 20기나 빠져 버린 상태에서 적의 선봉과 맞붙어야 하는 것이다.

군소 길드와 친목 클랜 소속 골렘들로 구성된 소모용 군단의 운명이다. 소속된 오너들이 이 사실을 모를 리 없다. 단지 배치도가 하루 전에 공개되면서 항의할 기회를 놓쳤다.

M군단은 전 세계인들이 지켜보는 가운데 버려졌나.

　　　　　*　　　　　*　　　　　*

쿠쿠우우우웅—!

자유분방한 기형 장갑을 부착한 강철거인들이 M군단과 100미터 거리를 두고 정지했다. 무질서하게 자리하며 멈추더니 움직이지 않았다.

곧 격돌할 것 같은 긴장감이 일시에 사라졌다.

[뭐지? 왜 안 오는 거야!]

이제 평원을 지배하는 것은 의구심뿐이다.

의구심은 곧 풀렸다.

미국 측 공간 위로 거대한 홀로그램이 떠올랐다. 나온 것은 풍성한 깃털 장식을 한 인디언 추장 차림의 남자였다.

이어 전체 우호 통신으로 전장의 전 골렘에게 인디언 추장의 말이 전달되었다. 어눌하게 각진 교포틱한 한국어가 통신관을 통해 흘러나왔다.

[한국의 골렘 오너 여러분, 안녕하십니까. 저는 미국 지휘부의 중계관인 '아팟치'입니다. 먼저 대항전 첫 상대가 운영 능력이 세계 제일이라는 한국이어서 큰 영광입니다.]

"……."

[본론을 말하자면, 이번 전투가 축구 경기 시간보다 빨리 끝나서는 안 되겠기에, 본 전투 전에 작은 이벤트로 긴장감을

풀었으면 합니다. 해서 한국 유저 분들의 능력을 확인하는 이벤트를 마련했습니다. 미국 유저들이 한국 유저에게 정식으로 도전합니다. 11인, 팀 듀얼전을 신청합니다.]

11인 팀 듀얼전!!

쿵쿵쿵—!

미국 측의 일방적인 통보가 끝나자마자 무질서한 대형에서 11기의 골렘이 튀어나왔다. 럭비형 어깨 장갑을 통일적으로 부착해 그나마 점잖아 보이는 골렘들이었다.

골렘의 등급은 11기 모두 솔져 급.

오른쪽 어깨 장갑 표면엔 성조기 도색으로 요란했고 왼쪽 어깨 장갑에는 '아머드 스와트'라는 팀명이 붉은 글씨로 새겨져 있었다. 킬 마크, 캐슬 마크 등 참전 기장은 없다.

오직 Armored S.W.A.T!

미국 현지에서 아머드 스와트 팀이라면 악명이 자자한 폭동 진압 부대다. 기갑 병기인 '슈팅 아머'를 보유한 경찰 군대로, LA 인종 폭동을 유혈로 진압하며 그 모습을 드러냈다.

당시 사상자만 오천여 명에 달했고, 이 사태로 미국은 유엔이 지정하는 인권 최대 빈국으로 전락했다.

그렇게 그들은 '학살 경찰, 아머드 스와트'라고 전 세계에 야만성을 신고했다.

슈팅 아머를 다루는 아머드 스와트 구성원은 군 특수부대 출신자들로, 현실의 기갑 병기를 최소 십 년 이상 다룬 이들로 이루어져 있다.

설마 가상의 세계에 그들이 뛰어든 것일까?

아팟치가 우려를 증명했다.

[자, 세계적으로 명성이 자자한 아머드 스와트 팀의 도전입니다. 예, 바로 그 LA경찰국 소속 E&T 클랜입니다.]

"……!!"

[어떤 기체, 누가 나와도 상관없습니다. 20기까지 도전하셔도 좋습니다. 스와트의 도전을 누가 받아주시겠습니까?]

빅 이벤트 속에 돌발적인 스몰 이벤트, 한국 측 지휘부는 난감한 상태에 빠졌다.

팀 듀얼이라니…….

일대일 듀얼에 응할 골렘 오너들은 운영위원 중에도 넘치고 흐른다. 하지만 상대는 팀 듀얼을 걸어왔고, 그 팀 듀얼을 응할 수 있는 길드 내의 특수 클랜들은 각 군단으로 흩어져 묻혀 버린 상태다.

따로 클랜이 꾸려져 있어도 상대는 악명 높은 아머드 스와트, 기갑 병기를 전문적으로 다루는 전문가 집단이다.

십 년 넘게 기갑 병기를 다룬 이들과 가상 세계에서 일 년이 채 안 되는 기간 동안 걸음마를 하듯이 경험을 쌓은 유저와 같을 리 없다. 현실의 슈팅 아머나 가상의 나이트 골렘이나 그 기동 원칙은 같다.

홀로그램의 거대 인디언 추장은 팔장을 낀 채 추장 포스를 뿌리며 한국 측을 내려다보았다.

"……."

한국 측의 침묵이 길어지자 아머드 스와트의 조롱이 시작되었다.

[헤이, 베이비—! 아이 워너 댄스, 유 워너 다이?]

[튜비튜비, 춤춤— 유 겟 어 다이!!]

공용 우호 통신을 통해 랩이며 저속한 속어가 팝콘처럼 튀어나왔다. 동시에 11기의 골렘이 흔들흔들 허리를 흔들며 두툼한 하체 중장갑을 S자로 흔들어댔다. 둔중한 골렘으로는 보여주기 힘든 유연성이다.

쿵쿵, 척! 쿵쿵, 척—!

이 조롱과 그림이 전 세계로 흘러나가고 있음은 두말할 나위 없다.

[저 인간 백정들을!]

[무시하고 쓸어버리자고!]

통신관을 통해 온갖 욕설이 흘러나왔다. 당연한 반응이다.

그러나 말은 해도 정작 나서는 이는 아무도 없다.

[모두 자리를 지켜! 도발에 응하면 그들이 원하는 대로 이루어진다.]

[대형을 무너뜨리려는 속셈이다. 응하면 안 돼!]

[지휘부에서 대응책을 마련할 때까지 통신 중지!]

한국 측 내부 통신은 욕하고, 선동하고, 말리고, 통제하느라 엉망이 되어버렸다. 파워가 모자라도 조직력으로 상대하겠다는 대한민국의 전략에 깊은 균열이 발생하고 말았다.

싸우기도 전에 흥분하다니! 미국은 골렘 11기를 던져 주고 너무 큰 것을 이미 챙겼다.

한국의 무반응에 아머드 스와트 팀이 벌이는 퍼포먼스는 저질 하체 반동으로 이어지고 있었다.

지휘부는 여전히 침묵한 상태에서 동요를 잠재우기도 버거운 상태.

시간을 끌수록 대한민국은 계속 오물을 뒤집어써야 한다.

간신히 지휘부에서 공식적인 메세지가 떨어졌다.

[집행부 전장 통제관입니다. 개인 지원자로 팀 듀얼에 응하기로 결정했습니다. 선착순으로 11기의 골렘을 모으겠습니다. 지원해 주십시오.]

[뭐? 개인 지원자!]

[지원자가 없을 시 선두 열에서 무작위로 차출합니다.]

[……!!]

한국 측 통신관에 찬바람이 싸하게 돌았다.

지휘부의 무능을 이런 식으로 개인 유저들에게 전가하려는 것인가.

[기가 막히는군.]

당연히 그 어디에도 팀 듀얼을 지원하려는 움직임은 없었다.

각 군단의 선두 열만 술렁거렸다.

쿠쿵―!
나는 앞으로 나아갔다.
출동 허가로 받아들였다, 출동해도 좋은 거다.
군침이 돌았다.
보라! 먹잇감이 먹음직스럽지 않은가? 차려진 밥상이란 바로 저걸 두고 하는 말.
무려 11기다.

쿠웅―! 쿵쿵쿵쿵―!
[어? M17. 이봐, M17!! 대열을 지켜!]
[M17, 돌아와―!]
[저 병진이… 저럴 줄 알았다니까. 자기 골렘이 무슨 킹 골렘인 줄 알아? 죽게 내버려 둬요!]
[대열에 구멍이 나잖아, 돌아와!]
남이 무어라 하든 이미 20미터를 빠르게 주파한 뒤다.
전장의 모든 시선이 대열에서 이탈한 한 기의 골렘에 쏠리기 시작했다. 스와트들도 저질 퍼포먼스를 뚝 그쳤다.
홀로그램 상의 인디언 추장이 전 세계인에게 보란 듯이 가운데 손가락 끝을 치켜들고 흔들었다.
쿠쿠쿡, 쿵!

어느샌가 작은 학살자의 양손에 '핀액스'와 '해머픽'이 들려 있었다. 뛰쳐나감과 동시에 두 가지 병장기를 꺼내 들어 어깨에 처억 걸쳤다.

[어휴— 무기 선택한 것 좀 보라고……. 저건 완전 초짜잖아.]

[구조하러 나가면 안 돼! 절대 자리를 지켜!!]

그렇게 보일 것이다.

손에 들린 두 무기 다 중병기나 경병기 중 어디에도 속하지 않은 어중간한 병기. 한 손 병기로도 사용할 수 있지만 두 손으로 들어야 제 위력을 발휘한다고 알려져 있다.

이런 병기를 한 손에 각각 들려면 골렘 성능이 뒷받침되어야 한다. 솔져 급에선 이런 식의 무장 선택은 오버다.

다루는 오너의 역량은 둘째 문제.

그러나 나는 두 병기 모두 어깨에 척 걸치고 달렸다.

아머드 스와트에서 한 기의 골렘이 마중 나왔다.

[헤이, 브레이브 하트—! 킥킥킥.]

일대일로 먼저 상대의 능력을 검증하려는 위력 정찰.

쿵쿵쿵—!

상대는 골렘용 5미터 중검과 팔뚝에 작은 라운드 쉴드를 장착, 지극히 평범하지만 솔져 급의 안정적인 무장 조합이다.

마중 나온 상대와의 거리는 20미터, 상대가 자세 제어에 들어갈 타이밍이다. 튀어 오르는 돌만 보아도 상대 기체의 상태가 읽혀졌다.

한 대를 붙들고 실랑이할 거면 나오지도 않았다. 필요한 것은 방해받지 않고 독식할 11기의 골렘이다.

"다 내 거다!"

조종석 내부 마력구에 마나를 불어넣었다.

마나, 아니, 동화율을 높였다.

슈우웅―

동화율이 순간적으로 증폭했습니다. 순간 동화율 80퍼센트입니다.

마나 출력이 급상승합니다. 190,000... 210,000... 240,000......

자세 제어가 급속히 떨어집니다.

골렘과의 일체화가 90퍼센트를 돌파했습니다.

마나 엔진이 순간 오버 플로에 들었습니다.

마나 쿨러의 냉각 허용치가 넘었습니다.

이 상태를 20분간 유지하면 골렘은 작동 불능 상태에 빠져 역소환이 됩니다.

20분, 20분이면 충분하다.

츳파앙—!!

단박에 12미터를 단축했다. 착지하자마자 또 한 번 땅에 붙는 식의 낮은 도약으로 상대의 코앞에 뚝 떨어졌다.

[으헉!!]

조롱하던 통신관을 통해 상대의 다급성이 고스란히 들렸다.

상대 기체가 들썩이며 쉴드가 부착된 팔을 들어 올렸다. 갑작스런 공간 도약에 본능적인 반응.

바로 기다리던 모양새다.

자신의 시야를 스스로 가려서야 쓰나, 상대의 움직임을 끝까지 봐야지.

"바디 첵크!!"

투쩌청—! 꽈자작—!!

어깨 장갑과 쉴드가 격돌하면서 샛노란 스파크와 금속 파열음이 대기를 찢어발겼다.

후우우우웅— 쿠당탕아앙—!

어깨에 들이받친 골렘은 8미터를 날아 하늘을 보고 드러누웠다.

가슴 전면이 무방비 상태로 드러났다.

적 골렘의 전면 장갑 돌출 부위를 '작은 학살자'의 도약 포인트로 잡았다.

후웅우우웅— 쿠져적—!!

이미 충격을 받은 상태에서 29톤의 중량이 일시에 떨어지자 적 골렘은 기동 불능 상태에 빠졌다.

두터운 장갑을 부착해도 골렘의 구조적으로 가장 큰 취약 부위가 가슴 부위다. 이렇게 찍어 누르면 외관이 멀쩡해도 그 충격 에너지는 고스란히 내부로 전달되어진다.

그 안에 운전자인 골렘 오너가 있다.

수백 톤의 충격 에너지가 그대로 골렘 오너에게 투사되었을 것이다.

일순간 통신관을 통해 들어오던 온갖 소음이 잠잠해졌다.

아니, 평원 전체가 마지막 금속 파열음을 끝으로 고요에 들었다.

상대 골렘 오너가 충격을 견디지 못하고 데드 상태에 들었습니다.

'작은 학살자'가 워 포인트 1을 획득했습니다. 누적 포인트만큼 골렘 성능 개조에 쓸 수 있습니다.

매서커 지오가 킬 포인트 1을 획득했습니다.

완파된 골렘의 소유권이 매서커 지오님에게 완전히 귀속됩니다.

무수한 상황들이 보고되어졌다. 마치 승리의 노래처럼.

하나 상황상 축가를 즐길 여유는 없다.

동료의 기체가 공중에 떠오르는 것을 보자마자 스와트 팀 전원이 움직였다. 동료의 기체를 지키려면 상대를 처치해야 하기 때문이다.

전면에 세 기, 좌우로 각각 두 기, 그 배후에 뒤를 받치는 세 기 식으로 달려나왔다. 이때까지 보여주었던 저질스러운 장난기는 그 어디에도 없다. 몰이사냥하는 사냥꾼처럼 순식간에 삼면에서 쇄도했다.

일 대 십, 부끄러울 게 없다.

스와트가 그런 일을 하는 곳이니까.

기다렸다는 듯이 두 팔을 활짝 열었다.

양손에 들고 있는 무기의 길이는 평균 3.5미터, 팔 길이까지 더하면 6미터에 달하니 마치 날기 위해 날개를 펼친 독수리와 같은 기세다.

달려오는 적들을 모두 품을 것처럼 무기의 날개를 펼쳤다.

우우우웅―

다시 한 번 더 동화율을 끌어올렸다.

잠시 잦아들었던 마나 엔진이 극한의 출력을 재차 뿜어냈다.

양손 병기를 한 손으로, 그것도 한 번에 둘을 컨트롤하려면

이 정도 출력으로도 딸린다. 그러나 이 골렘은 다르다.

수많은 워 포인트로 개조되었고 더욱 강하게 발전했다.

통신관으로 악센트 강한 욕설이 터져 나왔다.

[유 머덜 퍼커!!]

[선 오브 비치—!]

10인의 도살자가 발하는 반응이 후끈했다.

한마디 해주지 않을 수 없다.


"웰컴—!"

機甲戰記
Massacre
기갑전기 매서커

골렘이 휘두르는 둔기 끝에 붉은 서기가 얕게 맺혔다.

붉은 음영은 수평에서 수직으로 길게 십(十)자 호선을 그렸다.

십자를 그리는 붉은 잔상이 정면에 달려오는 세 기의 골렘 중 두 기의 가슴 부위를 수평으로 스치듯이 훑었고, 연속해서 다음 기체를 수직으로 내리그었다.

쯔커컹—!

분명 유효 타격 거리 밖이다.

그러나 붉은 잔상이 스친 자리에선 예외없이 장갑이 벌어지며 금속 파열음이 대기 밖으로 비명을 질러댔다.

정면으로 기세 좋게 달려오던 세 기의 골렘은 '앗, 뜨거!' 하며 대열을 이탈했다.

[저럴 수가!]

지금 이 순간, 상식이 무너졌다.

골렘 대 골렘 간의 대결은 캐릭 간의 듀얼과 다르다.

탑승자의 레벨은 아무 의미 없다.

탑승자의 스킬도 아무 의미 없다.

탑승자의 착용 아이템 역시 아무 의미 없다.

탑승자가 어떤 히든 클래스를 부여받았는지도 의미없다.

오직 골렘의 성능, 그리고 운영 능력, 마지막으로 골렘과의 일체화에 승패가 갈린다.

가상 공간에 골렘의 등장 이후 강철거인이 괜히 '고렙의 관'이라 불리는 게 아니다.

하지만 아무리 골렘의 성능이, 그리고 이를 운영하는 오너의 능력이 특출나도 그 한계는 있다. 동시에 세 기를 상대할 수 없다는 게 상식, 혹시 이겨도 만신창이가 될 것을 각오해야 한다.

그러나, 그러나!

지금 그 상식의 한계를 뛰어넘는 그림이 전 세계로 퍼져 나가고 있다.

일 대 십의 대결은 사나웠다.

그리고 그 '일'은 절대 밀리지 않았다. 오히려 '십'을 압도

했다.

[우와아아!]

비명인지 함성인지가 폭풍처럼 들끓어 올랐다. 과연 저것이 강철거인이 보일 수 있는 움직임이란 말인지.

골렘 안에 거인이 숨어 있어도 저런 움직임이 나올 순 없다.

휘둘러진 핀액스, 핀해머에 스와트의 골렘들은 속수무책으로 가격당했다. 타격을 입은 스와트 팀의 골렘들은 픽픽 중심을 잃고 전장에서 이탈했다.

저것이 솔져 급 골렘이 뿜어낸 위력이라고는 어느 누구도 상상하지 못했다.


콰콰 콱ㅡ! 츠파팡!!

팔목을 보호하는 장갑이 핀액스에 스쳤을 뿐인데도 파손되어 튀어올랐다.

[붙들어, 지미! 몸으로 막아!]

[보스, 잡을 수가 없어. 잡을 수가…….]

[딕, 매덕, 지미를 지원해. 놈은 괴물이다!]

[옛썰!!]

스와트 팀에서 열 기의 골렘 중 세 기의 골렘이 지오의 골렘이 휘두른 타격 병기에 맞아 전장을 이탈한 상태다.

단 한 차례 격돌한 결과.

반면 스와트들은 지오의 골렘 외장갑에 흠집 하나 내지 못했다.

세 기의 골렘을 일거에 무력화시킨 지오의 움직임은 거침이 없었다. 무기를 버리면서까지 육탄으로 달려드는 스와트의 골렘을 간발의 차이로 피하길 수차례.

절정에 달한 투우사의 움직임에 비견할 만했다.

육탄 돌격에 세 기가 더 가세해도 매한가지.

부우우웅— 콰콰각!

투캉!

또 한 기의 스와트 팀 골렘에서 핀해머에 걸린 장갑이 뜯겨져 나갔다. 좀 전의 화려한 타격 액션은 우연이 아니었다.

골렘을 운영하는 능력 자체가 달랐다.

하나 바로 이 순간 다수의 우위에서 오는 포위의 간격은 완성되었다.

[놈, 잡았다!]

지오의 골렘 뒤로 짐의 골렘이 양팔을 벌리고 덮쳐들었다. 럭비 선수 출신인 짐의 특기인 딥 태클!!

놀라운 추돌력에 꼼짝없이 붙잡힐 수밖에 없는 상황.

스와트 팀 전원이 동시에 상황 끝났다는 생각을 할 만큼 지오의 골렘은 등을 크게 노출한 상태였고, 짐의 골렘의 돌진을 피하기엔 거리가 너무 가깝다.

지오의 골렘을 땅에 붙이기만 하면 이 상황 자체가 끝이다.

그러나,

츠르릇, 터격.

등을 보인 상태에서 지오의 골렘은 왼다리를 축으로 상체를 틀면서 덮쳐 오는 골렘의 어깨에 메이스를 당겨 걸었다.

지오의 골렘은 어느샌가 길게 잡았던 메이스 자루를 짧게 잡고 있었다.

어깨 장갑에 메이스를 걸자마자 짧게 잡은 메이스 자루를 길게 잡아갔다. 원심력이 걸려 짐의 골렘은 덤벼오는 가속도에 더욱 힘이 붙고 말았다.

다리의 축이 풀리며 골렘의 자세가 완전히 돌아갔다.

그리곤 장갑에 걸친 메이스를 스륵 풀어버렸다.

츠츠츠츠— 터텅!

돌진하는 가속도에 약간의 힘이 더 실렸을 뿐이다.

짐의 골렘은 허공을 헛짚으며 제어를 잃어버린 상태로 곤두박질쳤다. 제어하려 할수록 제어가 되지 않았다. 그리곤,

[어어어…….]

콰자자자작—!!

팔 장갑이 뜯겨져 나간 골렘이 반대편 골렘을 덮치자 두 기가 서로 엉겨 땅에 곤두박질쳤다.

쿠콰쾅—!!

[짐! 케이!!]

[크윽, 보스… 일어설 수가……. 백업을…….]

[제, 제길. 딕, 매덕, 놈에게서 물러나.]

늦었다.

딕과 매덕의 골렘은 이 순간 이미 전장을 이탈할 수 없는 상황이 되어 있었다. 혼란한 틈을 뚫고 다가온 지오의 골렘이 휘두른 핀액스에 정통으로 차례차례 가격당하고 말았다.

팔을 들어 막아보았지만 팔이 통체로 뜯겨져 나가며 가슴 부위 장갑에 도끼날이 깊이 박혀들었다.

쿠커커커컥!

[크헛!!]

[딕—!]

메이스를 버리고 양손에 액스를 든 지오의 공격은 상대의 가슴 장갑을 뚫고 조종석의 골렘 오너까지 찍어버렸다.

무기의 특성상 가격 부위는 작았지만 골렘 오너를 데드 상태에 빠지게 하기엔 충분한 깊이였다.

그렇게 지오의 골렘은 흐트러진 포위를 유린하며 한 기씩 한 기씩 처치해 나갔다.

한 번 붕괴된 스와트들의 포위망은 다시는 아물지 못했다.

남은 세 기로는 지오의 기체를 막을 수가 없었다.

차례로 사냥당해 침묵에 들었다. 처음 반파되어 물러난 기체까지 추격해 끝을 냈다.

도살의 기세!

마지막 남은 것은 스와트 팀 보스의 골렘이다.

그는 거대한 중검을 지오의 골렘을 향해 겨누며 어깨를 들썩거렸다.

야심찬 일격을 노리고 견주고 있었다.

[놈ㅡ!!]

그의 골렘 어깨 장갑엔 시거를 물고 있는 불독이 유일하게 그려져 있다. 보스 그 자신이 미해병대 슈팅 아머 부대 출신임을 그렇게 선전했다.

[후아ㅡ! 덤벼…….]

보스는 해병대 구호를 외치며 지오의 기세에 눌리지 않으려는 호기를 부렸다.

지오는 상대의 도전에 들고 있던 핀액스를 던졌다.

투둥ㅡ!

핀액스가 땅에 떨어지며 거친 흙먼지가 풀썩 일었다.

지오의 골렘은 빈손으로 전진하며 천천히 허리에 부착된 짧은 중검을 빼 들었다. 너무도 느린 발검이다.

보스가 공격을 할까 망설일 정도로… 하지만 그는 나아갈 수 없었다. 빈손까지도 두려웠기에.

'상대는 한 치의 틈만 주어도 어떤 움직임을 보여줄지 모른다. 제길, 저런 괴물이 나오다니.'

손이 잘게 떨려왔다.

보스는 자신이 가상 세계에서 공포를 느끼고 있다는 것 자체가 믿기지 않았다.

'놈은 전쟁을 경험한 자, 나처럼 기지를 지키며 시간을 죽인 군인이 아냐.'

자신의 위축을 합리화하는 쓸데없는 추측을 해본다.

지오의 골렘이 다가가면 갈수록 보스의 기체는 주춤주춤 물러났다.

다가오는 골렘이 빈틈투성이임에도 물러났다.

지오의 골렘은 허리를 펴고 사냥을 마무리하는 느긋한 걸음으로 보스의 기체에게 다가들었다. 짧은 검을 늘어뜨린 채.

여전히 가슴을 환하게 드러냈다.

"검이 길다고 유리한 건 아니지."

늘어뜨린 골렘의 팔이 천천히 올라 독수리 날개를 펼치듯 열렸다. 세 기의 골렘을 단 한 차례의 연속 타격으로 완파시킨 자세.

빈틈은 있되 상대를 유인하는 빈틈이었다.

그럼에도 선택의 여지가 없다.

보스는 중검 끝을 훤히 드러난 상대의 가슴 정중앙에 겨누었다. 거리를 견주고 도약의 순간을 기다리며 조금씩 물러났다.

〖나는 쫄지 않았다, 쫄지 않았다고……. 컴 온. 좀 더, 더 들어와라… 됐다!〗

결심이 서자 절규에 가까운 기합이 보스의 입에서 터져 나왔다. 공포를 털어내려 함인가.

[우야야야앗—!!]

보스의 기체가 도약했다.

츳파아아아앙— 팟팟!

'걸려들었다……. 너도 여기서 끝이다!'

위축은 되었어도 거리 계산은 정확했다.

상대가 좀 전에 보여준 도약엔 못 미치지만 5미터를 순간적으로 좁히며 파고들었다. 보스의 감각에 자신의 중검 끝이 상대의 가슴 장갑 곡면 부위에 닿는 게 느껴졌다.

'잡았다!!'

그렇게 느끼는 순간, 검끝이 닿은 가슴 부위가 쑤욱 밀려들어 왔다.

검끝은 상대의 장갑을 파고들지 못했다. 오히려 슬쩍 다가선 가슴 장갑 곡면 부위에 순간적으로 눌려 검끝이 아래도 향하는 게 아닌가! 자세도 틀어졌다.

[으헉!]

중검이 장갑에 밀려 아래로 밀리며 보스의 기체는 곤두박질쳤다. 검끝이 땅에 박히며 지렛대를 괸 것처럼 멈추어 섰다.

그 뒤로 언제 비켜섰는지 지오의 짧은 중검이 내리그어졌다.

스으으으으— 파슉—!!

스와트 팀 보스는 화끈힘을 끝으로 네느 상태에 늘었다.

[내가… 먼저 닿았는데…….]

"당신, 검끝을 너무 얇고 예리하게 갈았어."

타이밍만 느끼면 골렘끼리 대전에서 상대의 중검을 두터운 장갑 곡면으로 흘릴 수 있다.

장갑 흘리기!

그 타이밍을 알고 행할 수 있는 유저가 극히, 아주 희소할 뿐이다.

그렇게 두 개의 마찰 섬광이 터지며 스와트 팀 보스의 기체를 마지막으로 팀 듀얼은 끝이 났다.

지오의 골렘 등장과 스와트들의 전멸까지 채 3분이 걸리지 않았다.

패권의 평원은 깊은 침묵에 들어갔다.

오직 움직이는 골렘 한 기의 움직임을 숨 죽이고 지켜볼 따름이다.

\*　　　　\*　　　　\*

작은 학살자가 워 포인트 1뭐을 획득했습니다. 누적 포인트만큼 골렘 성능 개조에 쓸 수 있습니다. 현재 워 포인트 11입니다.

매서커 지오가 킬 포인트 1뭐을 획득했습니다. 현재 누적 킬 포인트 1,뭐뭐입니다. 11포인트를 스텟에 분배할 수 있습니다.

지오는 귓가에 울리는 상황의 찬가를 즐겼다.

쓰러진 스와트들의 골렘에 손을 뻗어 승자의 권리를 행사
했다.

"권리 행사!!"

츄우우우웅—!!

골렘의 손끝에서 검은빛의 우물이 생기며 쓰러진 골렘들
을 하나둘 우물 속으로 집어삼켰다.

완파된 골렘이지만 한 기당 가격이 무시 못할 거액이다.

그리고 자신은 골렘을 수리할 수 있는 메카닉 메이지가 따
로 있으니 완벽하게 해체한 다음 신품을 만들어 되팔 수 있다.

'간만에 수지를 맞추는군.'

아팟치라 불리는 미국 측 통제관의 홀로그램이 입을 벌린
채 움직이지 않는 게 눈에 들어왔다.

그를 향해 골렘의 손가락 끝을 흔들어 보였다, 그가 보여주

었던 바로 그 동작 그대로. 그리고 돌아섰다.

전장에 가라앉은 침묵이 뜨거운 용암이 되어 분출되었다.

[와아아아아아!!]
쿠우우우우우!!

한국 측 진영 곳곳에서 환호성이 터져 나왔고, 누가 시키지
도 않았는데 골렘의 엔진을 일제히 공회전시켜 복귀를 환영
했다.

지오는 왠지 머쓱했다.

천천히 자신의 위치를 찾아들어 왔다.

M16과 M18이 주춤주춤 옆으로 필요 이상 비켜났다.

두 사람 다 말이 없었다.

지오는 M군단 전원에게 통신을 전했다.

"M17, 팀 듀얼 마치고 돌아왔습니다. 복귀를 신고합니다."

[…….]

아직 제정신이 들지 않았군.

한참 만에야 M0가 응답했다.

목소리가 묘한 열기로 들떠 있었다.

[M17, 매서커님의 복귀를 진심으로 환영합니다. 동료가 되
어 영광입니다.]

매서커!!

매서커라는 이름을 정식으로 전 세계에 알린 날이다.

이들이 환호하고 열광하는 새로운 영웅.

매서커, 대량학살자.

그의 시작은 결코 순탄치 않았다.

2년 전 그는 그저 일천만 명의 오(五) 바이트족 중 한 명이었을 뿐이다.

*　　　　*　　　　*

─밥은 먹고 다녀라.

집을 나서는 등 뒤로 어머니의 녹음된 목소리가 배웅해 준다.

"예."

4월 1일, 정오의 차가운 햇살이 제법 따갑게 얼굴을 때렸다. 아파트 단지 내 모자이크 보도를 느긋이 걸어가는 동안 뒤꼭지가 기분 좋을 정도로 데워졌다. 공기는 상쾌했다.

오늘부로 몇 번째인지 기억나지 않는 아르바이트 휴직기에 들었다.

휴직기? 뭐, 사실상 실직 상태를 말하는 것이지.

표현이 좋아 휴직기지 6개월 이상 한 사업장에서 근무 시엔 징직원으로 재용해야 한다는 이 시대의 강력한 정규직 전환 촉진법 때문에 생긴 편법이다.

고용 촉진하라고 만든 법이 촉진은커녕 엉뚱한 사회현상만 만들고 말았다.

흔한 파트 타임 아르바이트마저 5개월 일하고 1개월은 쉬어야 하는 웃기는 현상이 발생했고, 그 사회현상 한가운데 지금 내가 있는 것이다.

5개월 아르바이트족, 일명 일천만 오(五) 바이트족 중 한 명이 나다.

이렇듯 여름의 시작인 4월, 여름의 끝인 10월이 내겐 가장 무료한 두 달인 셈이다.

아자, 아자! 힘내서 아르바이트 찾아서 헛둘헛둘.

팔을 빙빙 휘두르고 실실 웃는 내 얼굴을 단지 내 안면 있는 아주머니들이 빙그레 웃어주신다.

후후, 어려서부터 이놈의 희멀건 얼굴에 큰 키 덕분에 알아보시는 이웃 분들이 많은 편이지.

"안녕하세요."

내 목소린 내가 들어도 시원시원.

가벼운 목례를 겸한 인사를 던지며 잡담 중인 둥굴둥굴한 아주머니들을 지나쳤다.

이때까지는 좋았다.

"저 총각이 지혜 오빠잖우. 그 지혜란 아가씨가 헬기 조종사고요."

"아, 그 지혜네요?"

"그래요. 지혜가 '헬리건'으로 뽑혀서 정규 방송에도 나왔다잖아요. 얼마나 또록하던지."

"아가씨가 직업군인에 헬리콥터 조종사라니. 아휴, 지혜네는 한시름 놓겠어."

"그러니 오빠까지 힘이 나서 얼굴이 환하잖아요."

"아유, 부럽네요."

"그런데 아들은 니트족인가 봐요?"

"캥거루족이겠죠. 요 아래 공원 아이스크림 매장에서 아르바이트는 하더라고요."

"아, 예."

"몇 해 전만 해도 저 총각 때문에 지혜 엄마가 얼마나 속을 끓였는지 말론 다 못해요. 한 삼 년을 행방불명 상태로 있다가 나타났잖아요. 그것도 성격이 완전히 달라져서 돌아왔다고……."

"그러고 보니 그렇네. 어릴 땐 웃는 모습을 보질 못했는데… 아주 많이 밝아졌어요."

"근데 그게… 취업 스트레스로 정신병원에서 요양한 거라지요?"

"쉿쉿, 다 듣겠어요."

"아무렴 어때요. 다 지나간 이야기인데."

남 이야기를 뭐 그리 네시벨을 높여 이야기하시는지, 다 들리거든요!

난 빠르게 쭉쭉 크게 걸었다.

에혀, 그렇다. 다 지나간 이야기다. 그리고 난 하얀 집을 구경한 적이 전혀 없다.

3년도 아니다. 딱 24개월이다.

그 2년이 나를 아주 초.극.단의 낙천적인 인간으로 변모시켜 주었다. 어떤 상황이 오더라도 절대 좌절하지 않고 살아남아 적응하는 바퀴벌레같이 질긴, 그런 인간이 되어 가족의 품으로 돌아왔다.

정말이다. 모든 살충 성분에 면역이 된 무적의 바퀴벌레가 바로 나다.

두고 보면 알 것이다.

나를 변모시킨 말할 수 없는 2년이 궁금하다고?

군대에서 축구한 이야기는 분명 아니니 미리 예단하지 마라.

군대가 생활력을 향상시켜 줄지도 모른다는 시대는 이미 지났다. 설명하자면 열 뻗고 욕 나오니 여기서 일단 접어두자.

최악의 장소에서 최악의 인간을 만나 최악의 경험을 했다는 정도로 알아두시라. 그리운 얼굴도 있지만 죽이고 싶은 면상도 함께하기에 떠올리기는 싫다.

여하튼 아주머니들이 방금 이야기했듯이 우리 집은 나 윤

지오의 지오네가 아니라 지혜네다. 바로 밑 여동생이 직업군인이 된 뒤로 우리 집은 '지오네'가 아니라 '지혜네'가 되었다.

그 여리여리한 여동생이 둔중한 중무장 헬기를 조종한다는 게 전혀 다가오지 않고 있다만 사람들이 나를 지혜와 비교해 무어라 하든 별 불만 없다.

할아버지 세대를 포함해 우리 집안에서 정규직에, 그것도 공무원은 지혜가 유일하다. 게다가 군 공무원이다.

경사났네, 경사났어!

한데 여기서 잠깐.

그 지혜가 몇 달 있으면 수도권 모 부대로 배속될 가능성이 있다는 이야기를 들었다.

문제는 작은방 하나에 부엌 달린 큰 거실이 선부인 15평 아파트에 부모와 장성한 자녀 일남이녀가 함께 살아야 한다는 것이다. 작은방은 현재 내 차지로, 원래대로라면 내가 벌써 독립하고 그 작은방을 여동생 둘이 꾸리고 있는 게 일반적인 상식이다.

하지만 2년간의 연락 두절로 겁을 먹은 부모님이 좀처럼 나의 독립을 반대하고 계시다. 내 나이 이미 25살인데…….

부모와 책장 하나를 사이에 두고 한 공간에서 생활하는 막내 여동생의 눈치가 이만저만이 아니다. 몇 차례 사나운 신경전도 치렀다.

내가 독립해야 함을 나도 안다.

문제는? 나의 의지 부족이 아니라 땡그랑 한푼이…….

나이 25세면 독립해도 한참 전에 독립해야 할 나이이건만 독립할 자금이 문제다.

무능한 놈이냐고? 절대 그렇게 생각 안 한다. 망할 2년간의 사태에만 휘말리지 않았어도 그럴듯한 독신자 아파트를 얻을 수 있었을 텐데…….

그 일 이후 난 이 잘난 대한민국을 떠나기로 결심했다.

"젠장, 잊기로 해놓고 '잃어버린 2년간' 타령이 또 시작이군."

결론은 나는 휴직기를 무료하게 즐겨선 안 된다는 거다. 열심히 아르바이트를 해 독립할 자금을 모아야 하는 게 지금 나의 형편이다.

그리고 대한민국 탈출이라는 원대한 목표를 이루려면…….

여하튼, 나는 미래가 밝디밝다고 각종 매체에서 떠들어대는 천만 명 중 하나다.


새로운 아르바이트 거리를 찾아 근처 게임방으로 향하면서 아파트 단지 게시판에 붙은 아르바이트거리부터 수첩에 받아 적었다. 그러나 대체적으로 암울하다.

"하아, 대부분이 배달이거나 취업을 미끼로 필요도 없는 물건을 고가로 떠넘기는 '샤킹' 구인 광고가 대부분이군."

한숨이 저절로 나왔다.

이 시대는 구인 구직자를 노리는 사기꾼들이 여전히 활개를 치고 있음이다.

이 시대?

설명이 늦었다. 대통령 중임제로 개헌한 후 3명의 중임 대통령을 거치고 다수의 단임 대통령이 집권한 후의 대한민국이다.

아아, 그러고 보니 내각제도 막간에 한동안 했다고 그런다.

그래서인지 나는 현재 누가 대통령인지 어느 당이 집권당인지 알지 못한다.

진짜, 진짜로.

나뿐 아니라 부모님조차 그러신 것 같다.

오히려 동 대표라든지 아파트 부녀회나 청년회 회장 선거에 몸달아 하시는 분들이다. 재활용 수익금으로 쓰레기 봉투 한 장 더 챙겨주겠다는 후보를 더 머리에 담아두신다.

이번 우리 동 동 대표로 최연소 출마자가 입후보했다는 자잘한 정보로 생각이 미칠 때 즈음 게임방에 들어섰다.

게임방 특유의 어두운 조명 속에 들자 잡념들이 투루룩 털어져 나갔다.

빈자리가 드문드문 있었다. 나이가 지긋해 주인 필 나는 아르바이트 유니폼을 걸친 직원이 카운터 근처 검색 전용석으로 안내해 주었다. 그가 '선수'를 알아보는 것이지.

검색이야 집에서도 할 수 있다만 회선 하나를 나 혼자 쓸수는 없어서다. 그 회선 하나로 드라마며, 영화며, 인터넷이며, 게임까지 모두 해결하기에 집에 있는 단 하나뿐인 회선은 막내 여동생이 학업을 빌미로 차지하고 있다.

여동생은 지금 열심히 '퀸즈 잉글리쉬'를 배운다고 캐나다인인지 진짜 뉴요커인지 알 수 없는 원어민들과 화상 대화에 빠져 있다.

뭐, 내가 한때 그랬듯이.

옛날에는 공유기를 몰래 달았던 시절이 있었다만 지금 그랬다가는 벌금 벼락을 맞아 신세 아작 난다. 그래서인지 게임방은 현재도 성업 중인 전통 서비스 산업이다.

따갈거리는 막내 여동생의 건투를 빌며 답신 메일을 검색했다. 껌벅껌벅, 메일 바가 한 페이지 가득 번뜩여댔다.

다들 어서 오라고 난리. 이런 인기인을 보았나!

간단히 부리고 쉽게 고용 종료할 수 있으니 5개월짜리 일감은 여기저기 넘쳐 났다.

하지만 현재 나에게 필요한 것은 한 달짜리. 한 달짜리도 제법 있다. 바이트 방학도 하나의 취업 시장으로 자리 잡은 상태이기에.

최우선적으로 집 근처를 중심으로 리스트를 추렸다.

아무리 시급이 좋아도 교통비가 만만치 않기에 전동 자전

거나 걸어서 갈 수 있는 아르바이트 자리가 최고. 게다가 집에서 한 끼라도 해결할 수 있으면 그만한 절약이 또 없거든.

"어디 보자……."

집에서 가까운 곳이… 오, 하나 있다.

개인 작업장, 1개월, 시급 3,800원, 중식 및 간식 제공. 오버 타임은 당일 지급.

시급이 약한 게 걸렸지만 시내의 대형 작업장도 대충 그 정도 선이다.

작업장? 흔히들 '막장'이라고도 말하는데, 그 옛날 탄광 광부들의 인생 막장과는 차원이 다르다. 그 직종에 종사하는 이들이 우수갯소리로 하는 막장이라는 단어는 작업장의 작업 환경과 밀접한 관련이 있기에 생겨난 단어다.

한 팀을 이룬 공동 작업에 작업장 내에서 한 끼를 해결하는 게 다반사인 그런 일상 패턴 때문에 막장이라는 단어를 차용한 것이라 보면 되겠다.

하는 일은 온라인 게임의 '캐릭 육성'과 '아이템 앵벌이', 그리고 'E-머니 거래 주선'이다.

대형 작업장의 경우 게임 개발사가 의뢰한 클로즈 베타 테스트 프로젝트를 함께 수행하는 경우가 있어, 운만 좋으면 남보다 1년 먼저 신작 게임을 접할 수도 있다. 그래서 작업상에 대한 사회 인식은 그다지 나쁘지가 않다.

게임 산업은 대한민국의 전통 사업 아닌가.

할아버지 이전 세대부터 존재해 이름만 대면 다 아는 전통 있는 사업체도 여럿 된다. 여하튼 남 대신 게임해 주고, 육성에 들어간 시간에 대한 대가를 받는 셈이다.

현재는 작업장 종사 회원 수 이삼천은 기본인 대형 작업장도 흔했고, 주식시장에 상장한 작업장이 등장한지는 마우스에서 꼬리 떨어진 시절 이야기.

하나의 사업이다, 당당한 사업.

그렇게 작업장 아르바이트가 인기있는 직업은 아니더라도 무시받고 경원받는 직종은 아니다.

혹시 아나, 잘만 사귀어놓으면 앞으로도 바이트 방학을 무료하게 보내지 않아도 될지.

"근데 가상 현실 게임이라······."

한 번도 안 해보았다면 거짓말이지만 그리 흥미를 확 잡아끄는 게임은 접한 적이 없다.

고백하자면 대학 시절 친구들과 의기투합해 작업장 비슷한 것을 꾸며본 적이 있다. 근데 게임 선택을 잘못해선지 식비 정도만 건지고 걷어치워 버리고 말았다.

젊은 인생들이 모이니 하루 종일 어지간히 먹어댔어야지. 그 뒤로 다시는 작업장 꾸미자는 이야기는 친구들 사이에서 나오지 않게 되었고 게임과의 인연도 그것으로 끝이었다.

그런데 이제 기본 시급 정도를 챙기며 게임을 하게 될지 모를 상황이 된 것이다.

약한 시급임에도 사업장의 위치가 딱이다.

한 블럭 너머니까 도보로 50분 거리다. 공원을 가로질러야 하기에 공원에 매일 들를 수 있으니 최고다.

얼른 찾아가겠다는 쪽지를 날렸다.

이것저것 다른 리스트를 추리고 있는데 딩동~ 하는 답 메일 신호음이 울렸다.


오늘부터 시작 가능하면 바로 오세요. 오후 1시 20분 방문 요망. 복장은 간편한 차림으로. 00지구 00빌딩 00층. 형제 작업장.


얼른 개인 단말기에 답 메일을 저장하고 게임방을 나섰다.

이용료로 200원을 지불했다. 아저씨 필 나는 아르바이트 직원이 건투를 빌며 주먹을 불끈 쥐어 보였다. 전사의 출전을 격려함인가. 나도 주먹을 불끈 쥐어 보였다.

파이팅!!


한 시간가량 여유가 있지만 공원에 들러 할 일이 있기에 시간은 빡빡한 편이다.

근처 편의점에서 고양이 사료 한 통을 사서 빠른걸음으로 걸었다. 지금 향하는 공원은 일만 팔천 세대나 되는 대규모 아파트 단지 중앙에 위치해 있는 근동에서 유일한 녹지 공간이다.

인공 실개천을 따라 산책로와 테니스장, 수영장이 잘 갖추어져 있으며 야외극장도 3개나 된다. 이 녹지 공간을 5개 대단위 아파트 단지가 공유하기에 88층짜리 서민 아파트들이 우후죽순처럼 들어설 수 있었다.

서울과 인천이 붙어버린 '메가시티 서울'엔 이런 대단위 공원을 품은 주거 지구는 서민들의 흔한 주거 환경이다.

이 시대는 부의 척도로 아파트 면적이 아니라 소유한 정원의 크기로 결정된다.

넓은 정원이 달린 이층 주택에서 대형견 한 마리 키우는 것.

나의 꿈이자… 너의 꿈이다.

목적지인 공원 산책로 중간 지점에 위치한 공중 화장실 뒤편에 도착했다.

"냐옹~"

내 목소리다. 길고 가느다랗게 나만의 저음으로 '냐옹군'을 불렀다.

곧 스르륵 하며 부드러운 느낌이 종아리를 스쳤다.

내가 부른 소리를 듣고 금세 달려나온 기특한 녀석, 다 자라 체구도 단단해져 더욱 귀티가 났다.

"오늘도 살아남았냐? 너도 꽤 질긴 놈이구나."

냐옹군은 흔하디흔한 길거리 고양이다.

2년이라는 세월을 모처에서 이 갈리게 보낸 뒤 귀국 후 처음으로 한 것이 3개월짜리 공공 근로 사업이다. 작년 구청에서 실시하는 방역 사업에 참여해 제일 처음으로 붙잡은 길거리 고양이가 '냐옹군'이다.

당시 나는 사냥꾼의 본능을 유감없이 발휘할 수 있었다. 그럼에도 3개월가량 자란 냐옹군을 붙잡는 데 진탕 애를 먹었다. 잡고 보니 여러 종자가 섞여서 회색 줄무늬를 지닌 귀티 나는 녀석이었다. 한때 유행했던 유전자 조작 형광 고양이의 피도 섞여 있어 한밤에 휙 하고 지나가면 기절하는 사람 여럿 만드는 종이다.

그렇게 그놈을 잡아 수의사가 시행하는 거세 처리를 받게 한 다음, 발신기를 내장한 목줄을 채워주고는 이곳에 다시 풀어주었다. 이것이 나와 냐옹군과 인연의 시작이다.

친해지는 데 투자 많이 했다.

니—앙~

이건 고양이 소리다. 밥 달라는 애교 섞인 목소리.

아르바이트 미팅 시간이 촉박했기에 놀아주지는 못하고 얼른 캔 깡통을 통째로 따 냐옹군에게 내밀었다. 냐옹군은 갸르릉거리는 고양이 특유의 기분 좋은 소리를 내며 깡통 속으로 얼굴을 들이밀었다.

"자자, 간만에 특제 참치캔이다. 잘 먹고 아르바이트 면접에 성공하도록 빌어달라고, 냐옹군."

니아옹~

냐옹군이 그러겠다고 대답했다.

나, 미친놈 아니다. 혼자만의 생각일지라도 내가 말하는 족족 응해주는 짐승은 냐옹군이 유일하니 좋은 게 좋은 것 아닌가.

잠시 냐옹군의 부드러운 등을 쓰다듬은 뒤 공원 너머 상가 지구로 향했다.

냐옹군이 멀뚱이 나를 한 번 쳐다보고는 깡통 속으로 다시금 집중했다. 내가 챙겨주는 한 끼가 냐옹군의 하루 중 유일한 끼니일 테지.

이렇게 냐옹군은 나라는 스폰서를 둔 이 공원에서 제법 운 좋은 길거리 고양이에 속한다. 대신 한가할 땐 심하게 놀아주어야 하지만 말이다.

하루 중 나를 기다리는 냐옹군이 있기에 이 북적한 공원이 마음에 들었다. 애완동물을 기를 수 있는 사치를 누리는 하루 중 유일한 막간이라. 하루 중 40분간의 간단한 워킹과 20분간의 노천 운동 기구 이용, 그리고 냐옹군의 식사 챙겨주기가 유일한 일상의 활력소라 하겠다.

그 무엇과도 바꿀 수 없는 평화의 시간.

아무튼 새로운 아르바이트 장소가 공원을 가로질러야 하

니 자연스레 냐옹군을 돌볼 수 있다. 아르바이트 면접이 잘 이루어지기를 기대했다.


번잡하고 탁한 것이 상업 지구는 공기마저 달랐다. 사람들의 걸음거리도 빠릿빠릿하다. 보조를 맞추지 못해 어깨에 툭툭, 걸리는 건 예사다.

목적지는 집에서 애용하는 대형 할인점 근처였다. 드디어 도착한 허름한 10층짜리 ○○빌딩.

"찾기는 찾았는데……."

어, 빌딩은 빌딩인데 주차 빌딩?! 이곳이 맞아?

단말기를 열어 확인해 보았지만 메일상의 주소지가 분명했다. 도대체 10층짜리 건물에 어떻게 11층이 있다는 말인지.

주차 관리인에게 물으니 그냥 눈도 마주치지 않고 엘리베이트를 타고 올라가 보란다. 시큰둥한 턱짓에 떨떠름함이 느껴졌지만 11층이 있기는 있는 것 같으니 따를 수밖에.

엘리베이트로 10층에 도착하자 11층으로 연결된 계단이 눈에 들어왔다.

계단을 성큼 올라 11층에 도착해 보니 눈앞이 시원할 정도로 횡했다.

빌딩의 옥상, 한가운데에 간단한 유리 조립식 건물 한 동이 덩그러니 자리히고 있나.

유리 온실에서 인기척과 게임 특유의 현란한 영상이 유리창에 색색이 왜곡되어 반사되었다.

"저곳이군……."

다가가 보니 제법 매력적인 장소에 작업장을 마련했다는 생각이 들었다.

유리 온실의 유리는 특수 유리로 되어 있었다. 설정 온도를 잡아놓으면 일 년 내내 같은 온도를 유지하게끔 되어 있으니 이 정도면 옥탑방 사무실치곤 쾌적한 공간이리라.

노크를 한 뒤, 심호흡을 크게 하고 성큼 들어섰다.

"안녕하세요, 아르바이트 면접 보러 왔습니다."

순간 등을 보인 회전의자가 동시에 돌며 둘은 커다란 이어폰을 귀에 낀 덩치 큰 두 남자가 나를 올려다보았다.

"협—"

곰이다, 곰!

이 두 형제를 만난 첫인상이 딱 그랬다.

두 남자는 둥글 네모난 얼굴에 갈색 펑퍼짐한 후드 티를 걸친 차림으로, 상체의 살집이 넉넉했다. 나이는 삼십대 초반 나이로 느껴졌고, 체형은 둘 다 큰 키 덕분에 딱히 비만으로 느껴지지는 않았다.

여튼 시커먼 양복을 입히고 인중에 주름만 조금 파면 '형님!' 소리가 절로 나올 것 같은 두 사람이다.

혹시 이들의 과거가? 그건 아닌 것 같았다.

악수를 건네는 손들이 고와도 너무 고왔고, 팔뚝에 용 꼬리 흔적도 없다.

"빨리 왔네. 자, 이리로."

"예."

일어서는 그 둘과 악수를 나누고 자리에 앉았다.

둘은 소개하지 않아도 형제로 보였다.

대신 형으로 생각하고 있던 곰이 2살 터울의 동생이라는 게 의외였다. 둘은 누가 형이고 동생인지로 자기들 소개를 간략하게 했다. 형이 엄기성, 동생이 엄기태라 소개하고는 이메일만 있는 명함을 건네주었다.

이게 형제 작업장의 사업장 구성원 전부? 빈자리는 왜 이리 많은 거야? 슬쩍 불안해졌지만 그럴 만한 사정이 있겠지라고 생각하고 부정적인 선입견은 털어버렸다.

"윤지오입니다. 잘 부탁합니다."

"25세라… 부럽게 동안이군. 군대는 갔다 왔지?"

"예."

"자세가 그렇게 보이더군. 저리가 앉아. 바로 시작하자고. 아참, 시급은 메일에 나온 그대로야."

'에? 바로 시작?'

면접은 그것으로 끝이었다.

이들에게 군대가 어떤 의미인지는 몰라도 바로 자리로 앉게 하더니 캐릭을 만들라고 딕으로 재촉했다.

큰곰이가 자리로 돌아서며 말했다.

"발음을 보니 불법 이주민은 아닌 것 같고, 개인 단말기랑 연결하면 바로 계정이 생성될 거야."

"……."

이, 이보세요? 이렇게 바로 부려먹어도 되나요? 라고 묻고 싶었지만 이미 센서가 빡빡하게 들어찬 120도 굴절 모니터 속에 몸을 들이민 뒤다.

가상 게임기는 캡슐이나 슈트를 착용할 필요 없는 최신 기종이었다. 뇌파 파장, 심장 박동, 신체 온도를 감지하는 고양이 눈알 같은 반구형 센스가 '파노라마 모니터' 라 불리는 굴절 모니터 곳곳에 빡빡했다.

아이디를 생성하라는 커서가 독촉하듯이 껌벅껌벅대며 화면 이면을 단순, 명쾌, 통쾌, 화려, 유일무이하다는 선전 문구가 도배 중이다.

모든 감각 센서가 눈을 향해 껌벅거리는 것처럼 느껴졌다.

생성하면 바로 가상 세계로 빨려들어 갈 테지.

아, 젠장, 뭐 어떻게 되겠지.

그래, 간만에 고고씽이다.

# Act 03
## 작업장

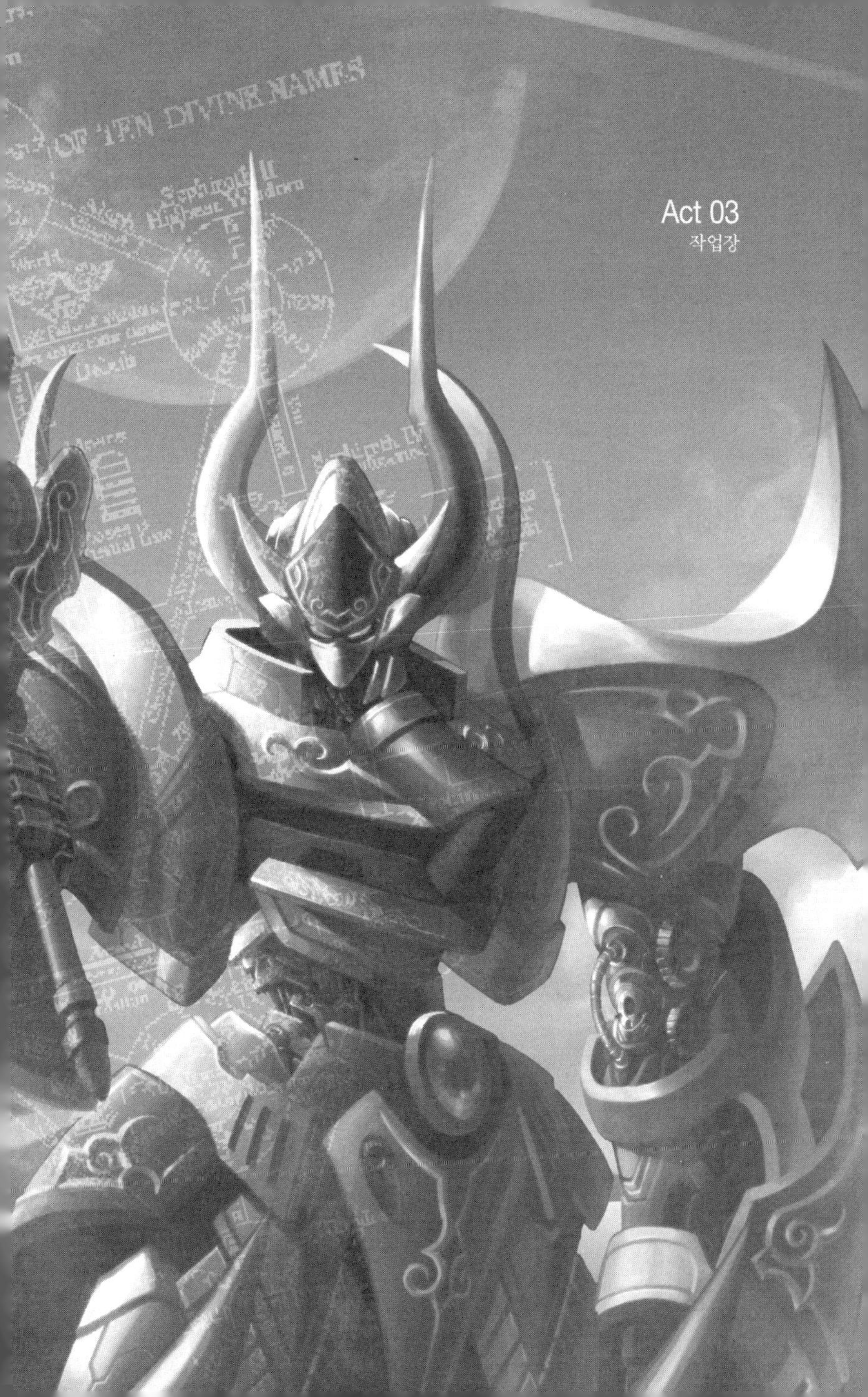

機甲戰記
# Massacre
기갑전기 매서커

E&T 온라인.

엘리시온(Elysion) & 타르타로스(Tartaros)를 줄여서 E&T라
부른다.

유저가 꾸며 나간다는 컨셉의 조금 특이한 가상 현실 게임
이다. 핵심 테마는 먼치킨 능력자가 되어 판타지 세계를 주름
잡는 것.

게임계든 방송계든 어떤 '계' 든 간에 대한민국이 잘나가
던 시절 문화를 그리워하는 복고 열풍이 극심히 불고 있다.

그 시절을 살았던 사람들의 기록엔 살기 힘들었다고 했는
데 지금에 비하면 그렇지도 않은기 보다.

공교롭게도 화폐의 액면가를 십분지 일로 조정하는 바람에 2010년도 화폐가액과 같아져 버린 것이 복고 열풍을 더욱 부추겼다. 그때 당시 짜장면 5,000원이 지금도 5,000원이다.

이 복고 열풍은 게임계에도 밀어닥쳤고, 당시에 유행하던 능력자물이 온라인 게임으로 만들어져 인기를 끌고 있다.

당시에 젊은이들이 광적으로 몰입했던 MMORPG 게임에 '먼치킨' 요소를 가미한 것으로, 한마디로 자신의 캐릭을 킹.왕.짱. 센 캐릭으로 성장시켜 나가야 하는 것이다.

먼치킨 요소를 굳이 게임에 한해서 정의하자면 자신의 캐릭이 '무적의 기사'인 동시에 '대마도사'인 그런 거다.

감이 안 온다고? 거 있잖아?

주인공이 '소드 마스터'에다 '9클래스의 대마도사'인 그런 소설의 주인공이 되는 거야. 말도 안 되는 전지전능형 캐릭터!

OK?

그러나 그건 뭐 좀 알고 난 다음의 이야기고 처음엔 캐릭 생성부터 버벅거릴 수밖에 없었다.

"이 게임 처음 한다고?"

설마하는 표정이다. 그런 사람이 왜 작업장 알바를 지원했냐고 묻고 싶은 걸까?

"예, 처음입니다."

오히려 내가 되묻고 싶다. 면접할 때 물어봤어야 될 사항

아닌가요? 라고.

우줄쭈물하자 큰곰이 다시 물어왔다. 이름이 익숙지 않아 보이는 대로 큰형인 엄기성을 큰곰으로 부르기로 했다.

딱, 그 분위기 그대로다.

"이 게임, 무료 게임인데?"

"……."

무료면 다 해야 하나? 취향 타면 하지 않을 수도 있잖아.

그리고 무료인데 어쩌라고? 무료니까 우리나라에서만 이백만이나 접속하겠지. 요즘 온라인 게임에 죄다 무료 아닌 게 어디 있나.

"근래에 다른 게임을 해본 적은?"

"없는데요."

신기하게도 큰곰은 눈빛으로 자신이 원하는 바를 잘 전달했다.

'혹시 집안 어르신 중에 게임이라면 결벽증을 가지신 분이 있나?' 완전 텔레파시다. 귀로 들리는 듯하다.

아무 말 없이 고개를 저었다.

그도 알았다고 고개를 끄덕였다. 우리는 통했다.

"흠, 차라리 더 잘됐네. 이 게임은 기존의 가상 게임 방식으로 생각하면 혼란스러우니까 지금부터 내가 시키는 대로 히면 돼."

"예."

큰곰의 자신감 넘치는 어감에 왠지 안도감이 생겼다.

노병의 노련함이 느껴진다고나 할까? 모른다고 시급을 후릴 줄 알았는데 이들도 자신들이 제시한 시급으로 일할 알바가 없는 줄은 알기는 아는가 보다.

이제야 동생인 작은곰이 참견해 왔다. 그는 말이 빠르고 쉬운 영어를 일상 대화에 끼워 넣는 언어 습관의 소유자였다.

"간단해, 이 게임은 단순한 스텟 게임이야! 플러스만 잘하면 되지."

"더하기?"

"거 있잖아, 스텟! 능력치라고 레벨업하면 포인트를 주고, 캐릭의 직업에 맞게 분배하는 그런 거."

"예."

그 정도는 알고 있다. 게임상에서 야외 수업을 할 정도로 대한민국은 여전히 게임 대국이니······.

"그런데 이 게임은 스텟치를 마구마구 뿌리거든. 게다가 특수 아이템을 착용하거나 퀘스트를 깨면 보너스 스텟 포인트랑 스킬 포인트를 덤으로 왕창 얹어줘. 처치 곤란할 정도로."

"음, 그럼 게임 발란스가 문제되지 않나요?"

"애초에 밸런스니 전문 직업이니 히든 클래스니 그런 거 없는 게임이야. 아, 물론 있는 척은 하지."

"있는 척?"

"히든 클래스도 우리의 현실처럼 많이 제공한다, 이거야. 지오도 아르바이트 여럿 거쳐 보았잖아? 그런 거야."

"아—!"

이해했다. 히든 클래스가 너무 많으니 히든이 히든이 아닌 것이다. 그것도 클래스를 멀티로 겹치기까지 한다면 이건 완전한 잡캐 천국이 아니겠는가?

"에브리바디 이즈 슈퍼 히어로!' 가 이 게임의 모토야. 올 라잇?"

"예!"

아이 갓 잇!

"좋아, 레벨업만이 다가 아니니 부담도 적어. 그러니까 먼치긴을 키울 수 있는 것이겠지만."

"아, 예."

먼치킨이라… 어느 정도 감이 왔다.

기사의 고유 스텟에 투자함과 동시에 마법사의 스텟을 동시에 올릴 정도로 스텟 포인트가 후한 게임이시라.

게임 오프닝 동영상에 성형 불가 완벽 미소녀가 검에, 마법에다, 정령을 소환해 거대 몬스터를 아작 내는 것이 그런 컨셉을 어필하는 거였다.

전부는 아니지만 많은 히든 클래스를 부여받는 게임, 언밸런스로 밸런스를 맞춘다는 게임 개념이군.

뭐, 하다 보면 피부에 와 닿겠지.

두 곰이 지시하는 대로 손목의 개인 단말기와 연동시킨 후 개인 정보를 전송해 계정을 생성했다.

캐릭을 생성시키자마자 눈앞에 검은 장막이 드리워지며 빛이 쏟아져 들어왔다.

츄아앙─!

뇌가 포맷되는 느낌이 이럴까?

작게 현기증을 느낀 후 한참 만에야 눈이 떠졌다.

*          *          *

빛의 소나기를 통과하자 주변 환경이 확 달라져 있었다. 쨱쨱쨱─ 뽀로롱 하며 작은 새 한 마리가 머리 위로 날아갔다. 갑자기 등장한 나로 인해 놀란 것이다.

"허, 게임이 또 한 단계 진화했다더니……."

동화율을 높이기 위한 부가 장비인 바이오 글러브를 통해 공기의 흐름까지 느껴졌다.

"오옷!"

캐릭명을 지오로 했는데 턱하니 바로 먹히다니, 무려 이백만이 즐기는 게임치고는 중복되는 아이디가 없다는 말인가!

럭키!!

사실 이유는 간단하다.

실명과 캐릭명이 일치하는 경우엔 우선적으로 등록하도록

인공지능으로 우선순위가 설정되어 있기에 그랬다.

무슨 말이냐면 안철수와 김철수란 사람이 철수라는 아이디를 사용한다고 치면 먼저 철수라고 아이디를 게임에 등록 신청한 사람이 그 실명 아이디를 우선적으로 사용할 수 있는 방식이다.

즉, 지오라는 이름은 대한민국에서 이미 주인 있는 아이디로 분류되어 있다가 실명과 일치하는 사람이 등록 신청하면 그 사람의 고유 아이디와 캐릭명으로 줘버리는 것이다.

좀 더 자신의 캐릭터에 애정을 기울이고 오래도록 게임에 붙들어두고 싶은 게임 개발사의 꼼수로, 오래전부터 시행되어 오고 있는 방식이다.

그래도 게임상에서 내 이름을 그대로 사용하는 행운이 올 줄이야!

가만, 아니면 이름이 촌스러워서 사용하기 쪽 팔려서 그런가? 에이, 설마 그렇지는 않겠지.

이렇든 운좋게 현실의 지오는 세컨드 라이프에서도 지오가 되었다. 아차, 마냥 좋아하고 있을 수만은 없다.

'일하러 왔으니 일을 해야지.'

나는 일행을 찾아 두리번거렸다.

통나무로 만들어진 집들이 늘어서 있는, 운치있는 전원 마을이었다. 주변에 몇몇 사람들이 보이기는 했는데 두 형제로 보이는 캐릭은 없었다.

얼떨떨한 표정으로 서 있는데, 어느새 손에 쥐어졌는지 인식하기도 전에 사전 크기의 책이 저절로 열렸다.

> 지오님이 이계 진입에 성공했습니다.
>
> 이곳은 이슈타르 대륙입니다.
>
> 이후 당신은 원주민들에게 문화적 충격을 주지 않기 위해 유저 대륙에서 기회를 찾아 넘어온 이주민으로 행동해야 합니다.

그렇군, 유저 대륙이라… 거참.

> **초보 모험가 지오의 일지.**
>
> 이곳은 모험가 고향인 개척촌 '기르수'입니다. 즐거운 모험을 유쾌한 동료와 함께하시길 기원합니다. E&T 세계관에 대한 설명을 들으시겠습니까? 이슈타르 대륙에 대해서 알고 싶으십니까? 개척 마을 기르수에 대해 알고 싶지 않으십니까? 바로 플레이 하시겠습니까? 플레이를 원하시면 일지를 덮으면 됩니다. 일지엔 당신의 이동 경로와 지도, 퀘스트 진행 내용이 자동 저장됩니다.

일지를 덮자 일지는 어디론가 사라졌다. 그런데 일은?

그때, '지오, 마을을 나와서 북쪽 감시 초소로 와라!' 하는 큰곰이의 귓말 메시지가 들렸다.

이크, 느긋하게 가상의 세계를 감상할 겨를이 없다.

지도를 열고 두 곰이 기다리는 감시 초소를 향해 뛰려는데, 무슨 부탁이든지 들어줄 것처럼 사람 좋아 보이는 노인과 딱 마주쳤다. 어투가 은근했다.

"이보게, 초보 여행자. 딱하군 딱해. 신발이 그게 뭔가?! 튼튼한 가죽 신발을 가지고 싶지 않은가? 가죽 재료를 넉넉히 구해다 주면 튼튼한 가죽 부츠와 여행자 조끼를 만들어주겠네."

# Quest

### 가죽 신발 장인.

그는 유저 대륙인들을 도와주는 선량한 신발 장인으로, 많은 가죽 재료를 늘 필요로 합니다. 종류는 가리지 않습니다.

퀘스트 레벨:없음.

목표:사냥을 해서 가죽 3마장을 모아서 가져다주자.

보상:가죽 부츠, 여행가용 두꺼운 가죽 조끼. 좋은 가죽을 가져다주면 상응하는 가죽 무구 한 종류를 덤으로 줄지 모른다.

'무두쟁이의 고민' 퀘스트로 이어집니다.

마음은 동했지만 일이 먼저다. 어쩔 수 없이 무시해야 했다.

"다음 기회에 하겠습니다."

> 퀘스트를 거부했습니다.

그러자 버럭,

"헛, 다음? 우리 이슈타르 인에겐 다음은 없네! 유저 대륙 인들은 왜 이리들 거만한가?! 자네를 기억하겠네. 이후 어떤 거래도 하지 않겠어. 흥."

> 가죽 신발 장인은 모욕을 느끼고, 이후 당신과 어떤 거래도 하지 않 을 것입니다. 그는 이 마을의 유지입니다. 이 마을 상인 전원이 당신을 불쾌해합니다.

> 기르수 마을 주민과 불편한 관계가 형성되었습니다. 조심하십시오, 바가지를 씌울지 모릅니다.

"허걱!!"

순간 신참자들을 위한 퀘스트를 주는 상인 NPC들이 모두 등을 돌려 버렸다. 냉담함이 찌릿할 정도다.

"저 원래는 그런 사람 아닌데… 요."

에이, 몰라.

모셔야 할 상사가 두 명이나 되니 재깍재깍 움직여야 하는 거다. 마을을 도망치듯이 뛰쳐나왔다.

'웅?'

망루 초소 그늘 아래로 두 명이 아니고 여섯 명이 서 있었다.

여섯 명?

분명히 업장 사람은 둘이었는데, 큰곰, 작은곰. 다른 업장과 같이 작업하나?

나는 확인을 위해 두 손을 깍지 끼어 감각 센스를 중지시킨 후 굴절 모니터에서 고개를 빼 두 곰의 상황을 살폈다.

"오! 맙소사."

모니터가 층층이 켜져 있다. 저들은 수평 분할 굴절 모니터에 한 사람당 세 캐릭을 띄워서 컨트롤하고 있는 것이었다.

과거 수많은 모니터 창을 열어놓고 일을 하는 외환 딜러를 연상시키는 그림이다.

두 곰도 내 감탄을 느꼈는지 히죽 웃었다.

진정한 고수의 풍모를 보고 기함한 게 아니다. 이 시대 하드웨어 승리의 현장이 아니고 무엇이겠나.

작업장 수요가 있으니 별걸 다 만든다.

원래는 한 사람이 하나의 캐릭을 돌리게끔 되어 있지만 바이오 글러브와 뇌파를 읽어내는 센스의 진일보로 이런 '멀티 컨트롤'이 가능하게 된 것이다.

물론 대전제는 트레이너의 집중력이 뛰어나야 한다는 것.

이론적으로는 한 사람의 유저가 마음만 먹으면 최대 열두 명까지 캐릭을 육성시킬 수 있다고 한다. 물론 그 유저의 정신력이 다중 컨트롤을 버틸 수가 있을 때 얘기다.

아무래도 이론과 현실은 차이가 있겠지만 얼핏 기억을 더듬어보니 텔레비전의 '작업의 달인'이라는 코너에서 9개의 독립 캐릭을 현란하게 컨트롤하는 작업장 지존을 소개했던 게 기억났다.

아이큐가 70 후반임에도 가상 세계와의 동화율만은 기적의 수치를 보여주어 가상학회의 연구 대상이라 했다.

20살이라는데 30대로 늙어 보여 기억에 깊게 남아 있다.

뭐 대단한 일인가 싶겠느냐마는 실제 해보면 달인 소리를 들을 만한 거다. 이 시대의 '프로 게이머'란 이를 두고 하는 말.

다시 가상 세계로.

다들 내 캐릭처럼 간편한 초보용 여행자 복장이었다. 비슷한 얼굴 여섯에 둘러싸여 있자니 기분이 묘했다.

"부럽군."

"예?"

"가상에서도 현실처럼 잘 빠지게 구현되는 캐릭은 드물거든. 지오는 성형 아이템이 필요없겠어."

"……."

씨익, 뭘 새삼스럽게.

"자, 그럼 가지."

"예, 예."

나와 6명의 작업 캐릭은 한쪽으로 우르르 움직이기 시작했다.

나참, 급하기는… 기다리라고요!

뛰면서 큰곰이의 목소리를 들었다. 그냥 설명하고 뛰면 안 되나?

"인기있는 캐릭을 키우기 위해선 비인기 캐릭의 희생이 필수인 건 알지?"

"예."

그 원칙은 사회도 마찬가지.

"이 여섯 캐릭을 한 달 안에 레벨 60에 도달시키는 게 우리의 목표다. 절대 몹에게 죽으면 안 되는 중요한 고객들이야. 명심하고, 몸빵해!"

"…예."

아, 젠장. 완전히 애 취급이라니. 어, 몸빵?

그러고 보니 이거 완전 그때 2년 동안 했던 일의 또 다른 연장 아닌가. 고객을 보호하고 여차하면 몸으로 때워라! 떡을 칠…….

엿 같은 2년간의 기억이 다시금 떠오르려 했다.

오늘 왜 이러지? 아차차, 게임에 집중하자.

다시금 큰곰이의 목소리.

"그리고 절대 스텟은 네 마음대로 찍으면 안 돼. 이 파티에서 네 캐릭이 제일 중요해. 스텟 분배는 나나 내 동생이 직접할 테니까, 스텟을 함부로 건드리면 바로… 해고야! 그렇게 알아둬."

"…예."

게임에 들어가자 큰곰이의 목소리엔 살기가 느껴질 정도로 진지해졌다. 프로의 진지함이라 하자.

사나운 큰곰이에 비해 작은곰이의 목소리는 느리고 부드러운 편이다.

"즐기려면 한 달 뒤에 혼자 즐겨. 그때도 즐길 거리는 무궁한 게임이야. 아마 그때가 진정한 시작이지."

"알겠습니다."

나중에 안 사실이지만 두 곰들은 이 게임에 자신들의 캐릭을 창고 지기로만 세워두고는 성장시키지 않고 있었다. 게임을 하다 보면 자신의 캐릭에 애정이 들어버려 쉽게 털기가 어려워서란다. 결론적으로 자기 캐릭을 키우기 시작하면 돈 벌기 어렵다는 거지. 일면 공감한다.

그러니까 두 곰들은 여섯 캐릭의 부주로서 고객들이 요구하는 레벨과 스텟을 한 달 안에 맞추어서 넘겨주는 것으로 먹고사는 것이다.

'그런데 내 역할이 제일 중요하다고?'

이거 슬슬 불안해지기 시작했다.

여하튼 두 곰들이 이끄는 대로 '큰귀여우'의 서식지라는 곳에 도착했다.

무릎 아래 오는 살오른 붉은 눈의 여우들이 작은 도마뱀을 잡아 씹어대는 장면이 제일 먼저 포착되었다.

'오호, 제법 엽기적인데…….'

으득, 으쩍!

아, 뜨뜨, 이놈의 실사 같은 그래픽 리얼리티에 사운드까지…….

그렇게 큰귀여우를 향해 내 눈의 초점이 집중되자 몬스터의 레벨과 피통 바가 생성되며 간략한 정보창이 올라왔다.

## Monster Status

**큰귀여우.**

레벨:5

공격력:18  생명력:18口

사나운 변종 여우로, 여행자를 습격하는 어이없는 존재.

그러나 털가죽은 부드럽고 튼튼해서 인기있는 재료다.

간혹, 약탈한 여행자들의 물품을 가지고 있기도…….

길들이기 불가능.

동시에 파티창에 확인한 나에 대한 간략 정보가 떠올랐다.

## Character Status

**캐릭명:지오.**

인간 종족· 레벨:□

BP:1□□  NhP:1□□

뭘 할지 어리둥절한 완전 생초보 여행가. 당신에게 행운을!

특이 상황:기르수 마을 상인들과 불편한 관계임.

주제를 모르고 엇비슷한 멍청이들과 여행 중.

큰곰이가 그놈을 손가락으로 가리키며 선빵을 날리라 한다.

'레벨 0가 레벨 5짜리 비스트에 도전한다고?'

에이, 몰라, 저 짧은 팔과 오물거리는 주둥이로 뭘 어쩌겠어? 게다가 엄연히 게임인데……. 시키는 대로 여행자용 나이프를 손에 단단히 쥐고 큰귀여우에게 달려들었다.

"이얍!"

푹―

끼잇―

감각 센스와 교감하는 바이오 글러브를 통해 물컹한 느낌이 고스란히 촉각으로 전환되어 대뇌 신경계를 자극했다. 날카로운 큰귀여우의 비명 소리에 소름이 돋았다.

"으, 기분 드러⋯⋯."

이런 것까지 리얼리티를 구현할 것까진 없잖아!! 나중에 감도 조정을 다시 하는 수밖에⋯⋯.

불의의 기습을 받은 큰귀여우가 나를 돌아보며 붉은 눈을 번뜩였다. 그놈이 스프링 튕기듯 튀어올라 사람 허리치까지 자란 커다란 귀로 나를 냅다 후려쳤다.

투다다닥!

오, 놀라운 회전 후려치기. 근데 이거 이름만 여우지 완전 토끼잖아!

"헉ㅡ스!"

감탄할 때가 아니다. 큰귀여우의 피가 달랑 5 닳는 동안 내 피는 무려 32나 쑤욱 빠져나갔다.

놀라는 사이 두 곰들이 컨트롤하는 파티원들이 다가와서 이놈의 육식 토끼(?)를 여행자용 나이프로 마구 찔러대기 시작했다.

푹푹푹, 끼릿ㅡ

투다다닥, 큰귀여우는 나만 때렸다. 이래서 선빵이 괴롭다.

고렙 몹에게 얻어맞는 상황에서는 물약만이 살길이다. 처음에는 알약을 먹어 피를 30씩 채우다가 그걸로 부족해 결국

200BP짜리 최하급 응급 포션을 복용해서야 큰귀여우를 잡을 수 있었다.

"굿, 개시 좋고."

'다구리'에 장사 없음은 모든 게임의 원칙!

근데 이것이 몸빵이란 말인가? 이게 이제부터 내가 할 일이고?

사양하고 싶은 충동이 물컹 일었다.

게임이기에 즐기면서 할 수 있을 것이라는 기대는 일찌감치 훨훨 날아가 버렸다.

참고 하자! 딱 한 달이잖아. 그렇다, 딱 한 달이다.

땡거렁~

그때 기분 좋은 소리가 화답하며 4X4칸 인벤토리에 쿠퍼 3닢이 찰칵 적립되었다.

"참 많이도 준다."

그리고 인벤토리 칸은 왜 이리 작누?

어디 보자, 경험치는 10퍼센트 올랐다.

비겁한 다구리이기에 5렙짜리 몬스터를 잡아도 경험치를 많이 주지는 않은 것이다. 앞으로 이 짓을 9번은 더해야 레벨 1이 되는 셈이다.

감상도 잠시뿐, 나는 곰들이 재촉하기 전에 알아서 움직였다.

푸—욱.

키잇!

투다다닥.

다시금 기분 나쁜 촉감이 전달되었다. 무시하고 계속 찔러
댔다.

찌르고 찌르고, 또 찌르고.

튀어 오른 큰귀여우의 커다란 귀가 귀싸대기를 날려도 찌
르고 또 찔렀다. 하도 통통거리며 튀어 올라 눈이 어질어질했
다.

그렇게 단 10분 만에 아홉 마리의 육식 토끼들을 잡을 수
있었다.

열 번째 토끼를 잡는 순간 짜란~ 하는 제법 웅장한 신호음
이 울리며 텅텅 비어 버린 피통이 순식간에 가득 채워지는 게
아닌가?

> 레벨이 올랐습니다.

레벨 1이 되자 나를 가운데 자리에 둔 두 곰들의 행동이 부
산스러웠다.

그들이 육성하는 캐릭들의 스텟을 먼저 조정하는 것이다.

나는 캐릭 상태창을 뛰워놓고는 큰곰이 와서 스텟 조정을
지시할 때까지 기다렸다.

## Status Point

**지오의 상태창.**

레벨:1

경험치:ㅁ%　　　　사용할 수 있는 스탯 포인트:1ㅁ

| | |
|---|---|
| | STR(힘):ㅁ |
| 머슬 포인트 | DEX(민첩):ㅁ |
| | CON(체력):ㅁ |
| | WIZ(지혜):-ㅁ+ |
| 멘탈 포인트 | INT(지능):-ㅁ+ |
| | HAR(친화):-ㅁ+ |
| | CEN(집중):1 |

　음, 1업을 했음에도 제로의 행진이라니. 상태창은 이미 접해본 게임에 비해 비정상적이었다. 그리고 보니 1렙업에 스텟 포인트를 10이나 주는군. 정보대로 후하다.

　어느 게임이나 레벨 20까지는 하루 만에 키우는 경우가 종종 있으니 제로 상태에 연연하지 않기로 했다.

　"근데 마이너스 스텟은 뭐고 맨 아래 집중[CEN]은 또 뭐라는 거지?"

　일지를 열어 정보를 찾았다.

윗칸의 세 요소는 이미 알려진 물리력의 지표인 머슬 포인트고 아래 세 요소는 멘탈 포인트로, 마이너스에 스킬 포인트를 투자하기에 따라 다크 프리스트, 네크로맨서, 매드 메이지, 다크 엘리멘탈 리스트가 될 수 있다고 한다.

"오호, 마이너스 정신세계라!"

이해했다.

그런데 집중력을 뜻하는 CEN에 대해선 안 나와 있다.

Part 2와 깊은 관련이 있다고 모호하게 언급되어 있을 따름.

스텟 포인트로 올릴 수 있는 것도 아니고, 레벨업을 하거나 퀘스트나 아이템을 착용하면 오른다. 스킬을 발동했을 때 추가적인 데미지 보너스에 영향을 주는 정도까지가 현재 확인된 상황이다.

아직 진행 중인 게임은 이게 문제다.

늘 유저의 궁금증을 유발하게 만드는 게 게임 개발사라지만 별게 아니면 욕 엄청 먹으며 두들겨 맞을 텐데. 잘한 패치 한 번이 게임 열 개 개발하는 것보다 낫다는 이야기가 괜히 나온 말이 아니거든.

혹시나 하며 둘에게 CEN의 역할에 대한 정보가 있는지 물어보았다.

"스텟 중 유일하게 자동 성장 수치이니 레벨업만 충실이 하고 기다리넌 돼."

큰곰이가 스텟 조정을 마치곤 시큰둥하게 말했다. 업무에 상관없는 건 신경 쓰지 말라는 표정.

맞는 말이다.

첫날이라 그 선에서 CEN에 대한 궁금증을 접었다. 그냥 지시대로 포인트를 분배했다.

---

# Status Point

**지오의 상태창.**

레벨:1

경험치:ㅁ%　　사용할 수 있는 스탯 포인트:ㅁ

| | |
|---|---|
| | STR(힘):2 |
| 머슬 포인트 | DEX(민첩):ㅁ |
| | CON(체력):8 |
| | WIZ(지혜):- ㅁ + |
| 멘탈 포인트 | INT(지능):- ㅁ + |
| | HAR(친화):- ㅁ + |
| | CEN(집중):1 |

---

스킬 포인트 획득치:2

생산 스킬과 전투 스킬을 배우세요.

스킬 포인트를 부여해 스킬 레벨을 성장시키십시오.

'젠장, 너무한 것 아냐?'

순 피통 전사로 만들 셈이라니. 나도 먼치킨이······.

그런 낌새를 눈치 챘는지 게임상의 큰곰이가 특유의 무심한 눈으로 지그시 눌러왔다. 이거 리얼리티가 장난 아니다. 또 텔레파시가 들려오는 듯하다.

'뚫으면 관두던가?'

이에 불만의 아우라를 감추고 멋진 감정 처리로 접대했다.

"아니요, 변한 제 모습에 감.탄.했습니다."

이 모습에 작은곰이의 캐릭이 내 어깨를 툭, 치며 빙긋 웃었다.

"시작하자고, 순혈 전사!"

"옙."

그래, 순혈 전사다.


다시 시작된 큰귀여우 사냥.

일명 '피통'이라는 'BP 포인트'가 100에서 256으로, 156이나 상승되었다. 기본 100+레벨업 증가치 100+스텟 증가치 56=256으로, 계산법이 간편해서 좋았다.

더하기 빼기 이상의 계산법은 별로 좋아하지 않는다. 곱하기만 나와도 무명의 도우미인 계산기나 컴퓨터에게 헬프를 청하고 싶다.

피통이 빠방해지니 목숨이 간당간당한 위기는 조금 줄어들었다.

나머지 캐릭들은 어떤 스텟에 투자했는지는 몰라도 몬스터들은 그들을 애당초 쳐다보지도 않았다. 얼핏 다음 렙업 후 스텟을 조정하는 것을 보니 많은 스텟 포인트를 저축하듯이 유보시켜 놓고 있는 듯했다.

아마 캐릭의 원주인들의 요구 사항에 따른 조치이리라.

그렇게 레벨 3이 될 때까지 큰귀여우의 귀로 귀싸대기 치기를 홀로 감당해야 했다.

"이거 정말 여우야, 토끼야?"

시간이 흐르자 손에 전해지는 찝찝한 느낌도 정육점에서 알바하는 기분으로 아무렇지 않게 내성이 들었다.

내가 달리 내성 강한 바퀴벌레가 아니다.

내가 바로 진화형 슈퍼 바퀴벌레!

비틀 주스ㅡ!!

機甲戰記
Massacre
기갑전기 매서커

　저녁 10시가 되어 첫날 일과가 끝났다. 풀 파티의 무서운 점을 유감없이 발휘해서 무려 레벨 18까지 끌어올릴 수 있었다.

　그러나 내 캐릭을 내가 키움에도 무슨 감동도 재미도 없는 단순한 노가다 레벨업… 이건 아니다.

　요즘 누가 이런 식으로 게임을 즐기는가? 정육점에서 일을 한 것처럼 노곤하기까지 하다.

　정신적으로나 육체적으로나 이건 정말 아니었다.

　단 하루 만에 아르바이트는 아르바이트임을 확인했을 따름이다.

게임이 끝난 후 두 형제는 작업장 준수 사항에 대해서 대략 설명해 주었다.

유저들이 몰리는 시간에는 게임을 하지 않는 게 원칙이시란다. 그럴 만한 것이, 8시 이후로 필드는 미어터져 나가는 중이다.

사냥터를 놓고 유저 간의 몸싸움이 파티 간의 다툼으로 이어져 종국엔 파벌 간의 전쟁이 번지고 공개창엔 이런저런 아이콘을 배합해 만든 기발한 욕들이 도배되다시피 올라왔다.

지금이 딱 그 짝이다.

"오옷!"

저것 봐라. 고추다, 고추.

헉, 상대편에선 가위를 만들어 올렸다. 대단해요~

공짜 게임은 이게 문제다. 또 한편으로는 이 맛에 하는 것이겠지만.

내일 사냥할 마을로 캐릭을 옮겨놓고 로그아웃을 했다.

착용한 세트 갑옷은 큰곰이의 무뚝뚝한 창고지기에게 반납해야 했고, 동전이니 제련석이니 잡템은 작은곰이가 수거해 갔다.

"빈털터리……."

레벨 18의 팬티에 셔츠만 걸친 지오가 희미해지며 사라졌다.

게임상의 지오는 CON 스텟에 과다 투자를 해 거의 레벨

40급이나 걸치는 갑옷 셋트를 걸칠 수 있게 되었다.

레벨 제한 게임이 아니기에 가능한 사기성 아이템 착용이었다.

현재 CON값이 무려 144다. 피통도 2,908(100+1,800+1,008)이나 되었다. 아이템에 붙은 옵션과 합쳐지면 피통은 무려 3,500에 달한다.

그러나 이 정도 피통도 간당간당했다. 몹들도 강력해졌고 풀 파티답게 꾸준하게 몹들을 몰고와서 밀어 넣었기에 얼마나 '몹사'를 당했는지 모른다. 다들 레벨 19 아니면 20인데 나만 18인 것이 이를 증명하는 것이다.

'젠장, 왜 이렇게 서글프지?'

몹에게 죽으면 경험치가 10퍼센트씩 깎인다. 고렙이 되면 3퍼센트에서 1.5퍼센트 정도 깎인다 한다. 고렙이 되어 그 정도 경험치 삭감은 하루 종일 올리는 경험치.

나의 죽음이 고객들의 렙업에 거름이 된다니… 숭고하지 않은가?

"숭고는 얼어 죽을……."

문제는 부주로 키우는 여섯 캐릭 중에 치료사나 성직자가 단 한 명도 없다는 것이다.

원거리 '데미지 딜러'들로만 한가득이라 반쪼가리 파티란 말씀.

죽으면 매번 마을에서 소생해 필드까지 뛰어와야 했다.

센스를 통한 뇌호흡으로 진짜 숨이 가쁘다는 것.

빨리 오라고 구박구박에 껌 눌러붙 듯이 우르르 따라붙은 몹들로 죽을 위기에 또 몰리고… 쉬운 게 아니었다.

'퉤퉤.'

뭐, 솔직히 그 간당간당함 때문에 간만에 약간의 스릴을 느꼈지만 말이다.

두 곰들의 스킬 컨트롤은 예술이었다. 나 빼곤 하나도 안 죽은 것을 보면 알 수 있다. 내가 죽은 사이에도 그들은 어떻게든 버텨낸다.

'하기야 프로니까.'

이걸로 먹고 살아야 하는 당사자이니만큼 노력했겠지. 그래도 이 정도 수준으로 손에 익으려면 오랜 세월을 거쳤을 터다. 엄연한 직업인으로 비추어졌다.

일이 끝나고 자리에서 일어나 한자리에 모였다. 작은곰이가 냉장고에서 과일 주스를 가져왔다. 얼핏 보니 냉장고 안엔 열대 건강 보조 식품으로 그득했다. 모두 한 회사 거다.

한 달간 내가 삐댈 이곳 냉장고에 무엇이 들었는지는 중요하다. 아주!

근데 건강 보조 식품이라니, 영양가가 없어 보였다.

작은곰이가 내 눈치에 어깨를 으쓱했다.

"한때 하던 게임에서 E—머니 환전이 현물 경품으로 전환되는 바람에 한 삼 년은 주스 걱정없다."

"아!"

그때 그 사건!

안다.

활력없는 대한민국이 한참을 들썩였던 사건이다.

개발사가 해외 열대 과일 플레인테이션 사업에 투자해 막대한 손해를 입었다. 그러자 그 피해를 고스란히 유저들에게 전가해 버렸다. 수만의 유저들이 게임사 앞에서 항의했지만 소용없었다.

그 때문에 바나나, 파인애플 가격이 대폭락했고.

"우리도 피해가 막심했지. 여기 빈자리 좀 봐. 형제같이 웃고 떠들던 친구, 동생들이 서른 명이나 있었는데 다 떠나고 우리만 바나나 껍질 신세가 됐어."

"그만 해, 다 지나간 일이야."

큰곰이가 버럭 화를 냈다. 금전적인 손해보다는 동료들의 이탈에 마음 깊이 상처를 받은 것 같았다. 아니면 다른 우여곡절이 있든지.

어느 쪽이든 모두 떠나 버린 그 느낌, 절절히 느껴졌다.

두 곰들의 카리스마는 최소 30인의 부하 직원들을 거느린 경험에서 나오는 카리스마, 100평방미터 온실에 멀대 같은 장정 단둘만 있는 이유가 그런 파란을 겪었기 때문이군.

그래서 작업장은 뭐니뭐니 해도 게임 선택을 잘해야 하는 거다.

당연히 한 게임에 몰빵하면 죽음.

"바나나 쿠폰 가져가려면 가져가라. 종류대로 다 있다."

"예. 파인애플은요?"

"응? 정말 가져갈 참이네. 뭐, 힘 닿는 데까지 가져가."

"감사합니다."

바나나 쿠폰 3,000원짜리 두 장과 파인애플 쿠폰 5,000원짜리 한 장을 받았다. 파인애플 쿠폰은 아까워하는 눈치다.

이들에겐 미안하지만, 나 바나나 무지 좋아한다. 파인애플은 여동생이 좋아한다. 그리고 온 가족이 과일을 좋아한다.

공짜면 더욱더 좋아한다.

과일 주스를 가볍게 나누어 마시며 두 곰이는 내일 일정에 대해서 설명했다.

"평일 날 바짝 당겨야지. 8시 출근해서 4시까지 할 거야. 오버 타임도 각오해!"

"옙."

내일은 4시간 정도 더 게임을 하겠다, 이거지. 그래, 알바하면서 오버 타임을 챙겨주겠다는데 마다할 리 없다. 오히려 땡큐지.

게임이 단순해 자신감도 생겼고, 곰들의 철저한 준비에 어려운 게 없었다. 이들은 단련된 프로니까.

"저, 근데 지금 바이오 글러브 말인데요, 감도 좀 조정하면 안 될까요?"

"응? 왜?"

"느낌이 너무 실감나서… 요."

"그래? 어디."

하드웨어엔 락이 걸려 있어 작은곰이가 내가 앉은 게임 단말기에 가서는 락을 풀고 감각 센스 설정을 세팅했다.

근데,

"어이구, 이놈의 화상아!! 사이버 섹.스. 모드 그대로 해놓았잖아! 하여튼 혼자 늦게 남으면 꼭 이런다니까!"

"헛, 끄응."

작은곰이기 길길이 날뛰고, 큰곰이가 슬금슬금 눈치를 살폈다.

"뭐, 뭐라? 사이버 섹.스. 모드?"

그래서 하루 온종일 질퍽한 거였어?! 아냐, 이 노총각들이. 젠장!

어라, 카리스마 큰곰이 얼굴이 붉어졌네? 카리스마 급전직하!

"그, 그거 아니다. 가입하면 한 시간 공짜였다. 잠깐 손맛만 보고 말았다."

"죽었어! 내 손맛 좀 봐라!! 이 색춤아!!"

"커흑—!"

펵펵!

와—! 동생이 형을 팬다, 패. 진짜 팬다.

큰곰이의 살집 속으로 작은곰이의 주먹이 푹푹 들어간다. 꺾꺾거리며 두들겨 맞던 큰곰이가 얼른 팔뚝에 부착된 단말기를 동생에게 과장되게 들이밀었다.

"자자, 봐라. 단말기 잔액 그대로잖아."

그때서야 동생의 폭력 모드가 멈췄다. 그러니까 재산 손상이 없으니 체벌은 봐준단 말이지? 그래도 잔소리는 계속된다.

"으휴, 쪽 팔리지도 않아? 내가 언제까지 형 밑까지 딱아줘야 해? 뭘 해도 좋으니까, 표.없.이 하라고! 제.발."

"알았다, 알았어. 항복, 항복. 아임 기브 업! 기브 업!! 쿠웩—!"

으르렁, 으르렁. 사근사근한 작은곰이가 발작하니까 무섭네. 겉늙어 보이는 이유가 저 큰곰이 때문이구나.

주스를 얼른 들이켜고 자리에서 일어났다. 괜히 두 곰을 싸움 붙인 것 같아서 영 있기가 불편했다.

그렇지만 조금은 유쾌했다.

하루 종일 사이버 섹스 모드로 몹들을 건드린 내 입장을 생각해 보라고. 꺼칠꺼칠한 털, 미끌미끌한 피부, 끈적한 체액을 모두 느끼게 한 죗값이다. 죗.값!!

계단으로 향하는 등 뒤로 작은곰이의 잔소리에 큰곰이의

딴청 부리는 목소리가 들려왔다.

"와~ 저놈, 곰 아냐? 어떻게 몇 시간 동안을 견디고 했을까? 느낌 장난 아닐 텐데……."

"……."

졸지에 곰 한 마리 추가되어 곰 세 마리가 되었다.

갑자기 동요가 왜 떠오르지……. 엄마 곰, 아빠 곰, 애기 곰……. 부르르 머리를 흔들어 두 곰이가 아이들 율동으로 춤추는 영상을 털어냈다. 나를 빼고라면 어울렸다.

"형의 그 무감각이 더 대견해서!"

퍽퍽!

등짝이 울리는 소리가 북 치듯이 울렸다.

그 등판을 하고는… 쯧.

후딱 계단을 뛰어 엘리베이터에 올라탔다.

근처 대형 마트에 들러 과일 쿠폰으로 바나나와 파인애플로 교환했다. 마트 직원들의 시큰둥한 표정들을 간단히 무시했다.

이 사람들아, 이 쿠폰엔 수백만 게이머들의 피와 땀이 서려있단 말이다!

"음, 단 하루 게임한 것치고 너무 오버했나?"

에이, 아무렴 어때. 한때는 나도 그 게이머의 대열에 동참했으니 게이머로서 당당하게 행동하기로 했다.

＊　　　＊　　　＊

즐겁고 아늑한 집에 도착. 문 앞의 도어록에 단말기를 들이댔다.

뚜루~ 하면서 비번을 누르라는 번호표가 생성되었다.

오늘은 어머니의 음력 생일을 눌렀다. 내일은 막둥이 생일을 눌러 가족들의 생일을 잊지 말아야지.

삐삐삐이— 철컥.

부모님은 주무시고 계셨다. 대신 현재 나랑 최고조로 신경전을 벌이는 막둥이만 깨어 나를 반겼(?)다. 지은이다.

지금 허벅지까지 드러난 군용 핫팬츠 차림으로 길쭉한 우유팩을 입에 물고 냉장고 문을 멍하니 들여다보고 있는 중이다.

"하루에 열 번은 더 들여다보았을 텐데……."

먹을 건 우유뿐이었을 테지.

탕—!

냉장고 문 떨어지겠다.

지은이는 우유를 사납게 벌컥벌컥 마시며 나를 지그시 째려보았다.

'뭐냐, 그 눈빛은?

냉장고에 야식거리가 없는 게 어찌 내 탓이란 말인가? '작은 얼굴' 프로젝트니 뭐니 하며 냉장고에서 간식거리를 치운

건 자신이면서 어디다 화풀이야!

최대 피해자는 나라고!!

요것의 눈빛이 심히 불량했다.

'요 꼬맹이가!'

두 손가락으로 동생의 다리 길이를 짧게 표시했다. 너, 숏다리다.

"홍ー!"

팩 토라졌다.

'훗, 나의 승리!'

넌 아직 멀었어…….

'그 다리를 하고선 시집을 못 가요~ 다리가 짧으면 얼굴이라도 이쁘든지~ 귀엽지도 않으면서 콧대만 높아요~ 아~ 외로운 지은~'

노래 가사를 머리로 생각하며 입으로 흥얼거리자 지은이 얼굴이 금세 벌게져 달려왔다.

쿵쾅쿵쾅!

우유팩이 면상에 작렬하기 직전 바나나 봉지를 들어 막았다. 바나나다, 바나나.

"헹, 기껏 요걸로!"

내 그럴 줄 알았지.

지은이의 긴 팔이 뒤로 너 크게 젖혀지며 다시 휘둘러지려는 찰나, 재빨리 파인애플 봉지를 들어 여동생의 얼굴에 내밀었다.

"아항~ 뭐, 이 정도면……."

덥석, 지은이는 과일 봉지 두 개를 잽싸게 채더니 냉랭하게 돌아섰다.

후후, 단순한 것. 내가 한 달 동안 아주 질리게 만들어주지.

나와 여동생은 식탁에 앉아 바나나를 하나씩 쩌억 하고 잔인하게 몸체에서 분리시켰다. 그리곤,

"쳉~"

"쳉~"

하며 바나나끼리 건배를 시키고 뚝딱 해치웠다. 어릴 때부터 우린 바나나를 이런 식으로 먹었다. 덕분에 여동생의 반쪽짜리 보조개를 간만에 볼 수 있었다.

"오빠, 나, 군대에 지원할까 봐. 여성 사병 티오가 그래도 넉넉한 편이더라고. 그리고 복무하면서 부사관도 지원해 볼 참이야."

"여자라 좋겠다."

"헤헤, 부럽지?"

"그랴, 부럽다."

그렇게 순진하게 웃을 수 있는 게 부럽다. 그런데 지은이가 갑자기 정색을 하며 말했다.

"오빠가 부모님 잘 모셔. 전처럼 2년간 행방불명이면 죽어—"

"알았어, 어디 안 가고 잘 모실게."

"약속!"

"유치하게 약속은?"

"어허— 빨리 약속 거시지."

"쳇, 간지럽게. 알았다, 알았어."

간만에 동심으로 돌아가 새끼손가락 걸고, 손바닥 복사하고, 엄지손가락 도장 찍고, 흑인들처럼 손등치기 세 번 하고 악수했다.

"근데, 그 키로 입대 기준에 들 수나 있을까? 요즘 여성 사병 선발 기준이 미인 대회 수준이라지?!"

"아, 정말! 이 멀대가. 죽어—!"

"키킥."

그때 어두운 거실 한 켠에서 어머니의 목소리가 들려왔다.

"왔으면 조용히 들어가 잘 것이지, 왜 자꾸 동생을 놀려먹니. 안 그래도 심난한 애를."

"…예."

고양이 톤으로 대답하고는 얼른 동생 손을 피해 목욕탕으로 숨어들었다. 저 쪼그만 것이 손매가 여간 매운 게 아니다.

두 대 정도 맞아줄 걸 그랬나? 조것이 화장실 문을 발로 차고 성질부리네.

그래, 네가 군대 먹기다! 군대 먹기!!

아, 젠장. 그나저나 대한민국 군대가 아가씨들을 진공청소

기처럼 빨아들이는구나, 빨아들여.

대한민국의 남자들은 의무 복무 기간이 1년으로 부쩍 줄어들었다. 그도 대부분이 군사교육 후 공익 근무 요원으로 빠져 병력 자원은 대폭 축소됐다.

그 대신 빈자리를 직업 군인들로 채웠고, 그 가운데 여성들의 티오도 점점 늘어나 여성 직업 군인이 40퍼센트에 달하게 되었다. 병영은 호텔 수준이 된 지 오래.

대학을 졸업하면 시집가는 게 아니라 군대 간다는 말이 빈농담이 아닌 시대다. 그래서 동생이 군대에 지원하겠다 해도 그리 놀랍지도 불안하지도 않다. 단지 안 그래도 사나운데 진짜 사나워져 돌아올까 봐 걱정이다. 그래도 군대는 군대 아닌가?

옛날 군대가 사람 만들어 나온다고 뻥을 치지만 요즘 군대는 사람 버려 나오길 예사다. 육체적인 마찰이 적어진 반면 퇴출되지 않으려는 정치가 난무하고 눈치 보기와 줄서기가 판치는 공무원 사회가 되어버려 정신적인 스트레스가 장난이 아니다.

그 스트레스를 지능적으로 사병들에게 푸는 변태가 많다.

그래서 헬리건인 지혜가 더 대단한 것이다. 도대체 지혜는 스트레스를 어떻게 풀까?

아마 헬기에 장착된 40밀리 기관포로 콰콰콰쾅! 갈기며 풀지 싶다. 그렇게 스트레스를 풀다 보니 헬리건이 된 것일지도.

간단히 샤워를 마친 후 바깥 눈치를 살폈다. 불이 꺼진 걸 확인하고 살금살금 문을 열고 나왔다.

순간, 뭔가 섬칫한 느낌!

찰싹—!

"아뜨뜨—!"

"헹, 어딜 그냥 가려고. 맨살이 착착 감기는데… 어디 한 대 더."

찰싹—!

등짝에 불이 났다.

재빨리 방에 들어와 문을 걸어 잠갔다.

집요한 것 같으니… 그렇게 뜸을 들였건만 기다리고 있었단 말이지. 등짝에서 불이 난 것치럼 화끈거렸다.

심난한 너를 이해해 이번만 참는다.

옷을 의자에 대충 걸쳐 두고 침대로 향했다.

자자, 이제 꿈나라로. 팔다리가 아리는 게 장난이 아니다. 그런데 어, 어라? 뭔가, 이 온기는…….

"우웅, 오빠 왔어?"

"허업! 지, 지혜구나."

"응, 지은이 공부하는 동안 피해 있었는데… 잠이 들었네."

"아, 그래."

"자라. 내가 땅바닥에서 잘게."

"응, 그래줘."

바로 들어 올렸던 고개가 떨어지며 눈이 감긴다.

"허—"

다 큰 처자가… 군인이시라 이거지?

막둥이 지은이가 군용 반바지를 입고 있을 때 알아봤어야 했다. 분명 현관에 장교용 부츠가 한 켤레 세워져 있는 것도 보았건만 조막만 한 놈과 실랑이한다고 그만 놓쳐 버린 것이다.

바닥에 이불을 깔고 누웠다.

순간, 기다렸다는 듯이 복부에 둔중한 체중이 꾸욱 하며 진중하게 실렸다.

"커억—!"

"아아, 미안. 아무래도 잠은 지은이 옆에서 자야겠지. 오빠, 복근은 여전하네. 잘 자. 키킥."

너마저!

"헉헉, 그, 그래. 잘 자."

숨을 몇 번 가다듬어서야 제 숨이 돌아왔다.

나에게 복근이 어디 있다고! 못 먹어 개미허리 같은 빈약한 허리를… 못된 계집애!

왜? 우리 집 여자들은 저리도 거세단 말인가!

복부를 일부러 밟았음이 분명했다. 명색이 장교잖아.

아마 자신의 복무지가 수도권으로 정해진 게 확실했다.

이런 식으로 눈치를 준다, 이거지. 아니면 좀 전에 지은이를 놀린 복수든가.

'에혀, 어쩌겠어.'

패주고 싶은 등짝, 즈려밟고 싶은 배를 지닌 내 잘못이지.

캥거루족 생활을 청산할 때가 다가오고 있음이다.

독립이라… 냐옹군도 돌봐야 되고, 만만치 않은데…….

                    *            *            *

다음날 오전, 빡시게 달렸다.

게임 말이다, 게임.

첫날 같은 엘리베이터식 레벨업은 오전까지였다. 20렙을
찍고부터는 몹을 떼거리로 잡아도 잘 오르지 않았다. 사냥터
를 옮기거나 유료 던전을 이용해야 되는 시점이다.

큰곰이가 한창 손에 익어가는데 게임을 중지시켰다. 잠시
정비하는 시간을 가지려나 했다.

"지오 씨, 잠깐 나랑 면담 좀 하지."

"예."

목소리를 낮게 까는데, 왜 그러지?

탁자를 사이에 두고 앉았다.

지그시 나를 보는 눈에 힘이 실려 있다. 어제 색충으로 떨
어진 카리스마를 만회하려는 긴기.

'뭐 실수한 것은 없는데…….'

왜 이럴까?

"E&T는 무료야."

"…압니다."

대한민국에서만 이백만이 접속하는 무료 게임으로, 동접 백만이 넘는 유력한 무료 게임이 세계적으로 30개 정도 되는데 그중 하나다. 공부 좀 했다.

"지금은 무료로 게임을 즐기는 시대지……."

어쩌라고?

큰곰이는 드라마의 의사가 '당신, 말기암이야' 하고 선언하듯 말했다.

"지오, 자넨 플레이에 성의가 없어."

"예?"

성의가 없다니? 얼마나 필사적으로 했는데. 지금도 팔다리가 아려 죽을 지경이다.

"손만 바빴지 머리는 안 이용하더군."

"머리요?"

"여기 부착된 감각 센스는 동작뿐 아니라 뇌파의 진동을 98퍼센트 확률로 읽어내지. 미세한 기분이나 대상에 대한 마음가짐을 게임에 바로 반영하도록 돕거든. 여기 봐, 자네 가상 세계 동화율이 8퍼센트로 나오는군."

화면에 8퍼센트라는 문자가 보이긴 한다. 근데 이게 뭔데요?

"가상의 세계를 부정하는 거야. 이러면 안 돼."

"……!"

"그저 있는 힘껏 휘두른다고 다가 아냐. 급소를 노리고 진짜 친다고 생각해. 가상이 아니라 또 하나의 현실이라고 생각해. 손에 전해지는 감각이 달라질 거야."

"예……."

"죽지 않고 플레이하려면 이렇게 사소한 것부터 하나하나 쌓아야 해."

'그런가, 그런 것인가!'

그랬다.

오히려 중무기인 둔기로 내려치는 것보다 단검으로 찌르는 다른 캐릭들의 데미지가 더 들어갈 때가 있었다. 마구 휘두른다고 다가 아니었다.

얼굴이 화끈거렸다.

가상 세계에 몰입 못했음이 바로 표가 났구나.

"군대 다녀왔잖아. 이미지를 그려봐. 격한 감정을 살려봐. 동화율이 20퍼센트를 넘지 않으면 자꾸 죽을 수밖에 없을 거야. 지금은 마을이 근처에 있지만 레벨이 높아질수록 그 거리는 멀어지지. 그동안 다른 캐릭들은 손 빨고 있어야 하고. 몰입해, 알겠지?"

"예."

"동화율이 20퍼센트만 되어도 캐릭 두 개는 넉넉히 돌려. 자, 자리에 가보라고."

"……."

아무 말도 않고 자리에 앉았다.

게임 오래한다고 이들과 같은 '멀티 트레이너'가 되는 게 아니었다. 얼마나 가상 세계에 '자신을 던지느냐'에 따라 달라지는 거였다.

오늘 쓰게 하나 배웠다.


*　　　*　　　*


E&T는 놀라운 게임임이 분명하다. 단지 생각을 바꾸었을 뿐인데 효과가 바로 나타났다.

굶주린 들개의 턱을 노리고 둔기를 휘둘렀다.

휘이이잉—

뿌억!

캐갱—!

조금 전까지만 해도 스무 대는 족히 휘둘러야 떨구어낼 수 있었는데 지금 다섯 대 만에 떡실신을 시켜 버렸다.

멀리 튕겨 나가서 부들거리는 굶주린 들개에게 파티원들의 원거리 공격이 떨어지며 마무리되었다.

큰곰이가 어깨를 두드리며 말했다.

"차이가 느껴지지? 그런 거야."

"예."

"감이 좋은 편이군. 빨리 느껴."

"그런가요?"

"하단에 보이지? 지금 동화율이 얼마지?"

"11퍼센트입니다."

"와, 놀랍군. 것 보라고, 생각만 달리해도 3퍼센트나 올랐잖아."

"예."

그렇게 가상 세계와의 동화율은 조금씩 높아져 갔다.

레벨업과 동화율은 별개다.

스킬, 스텟 포인트를 부여하는 것과도 별개다.

동화율이 높을수록 생존 확률이 높다.

온라인 게임이 가상 게임으로 전환하면서 동화율이 핵심 과제로 떠올랐으니, 몰입도가 높을수록 실제 능력이 가미되어 생존 확률이 높아지는 것이다.

실제 능력이 거창하게 들렸다면 생존 본능이라 치자.

참고로 이 두 형제의 현재 동화율은 32퍼센트다. 자신들의 전성기 때에는 동화율이 48퍼센트까지 올라갔었다 했다.

15년 전 캡슐 기기로 게임을 즐기던 가상 1세대라 불리는 세대가 바로 이들이다.

동화율이 30퍼센트가 넘으면 이런 판정을 받는다.

게임 오덕후들… 가상 페인들…….

60레벨까지 성장시켜야 하는 여섯 부캐들의 직업이 대충 윤곽이 나왔다. 짜증 만빵인 것이 모두 목표 직업이 달랐다.

메이지, 매드 메이지, 엘리멘탈 리스트에 다크 엘리멘탈 리스트, 테이머, 그리고 마지막으로 네크로맨서였다. 내가 아는 전통적인 게임 상식이 맞다면 말이다.

레벨업 시 스텟 포인트 10 중 무조건 5포인트를 정신 계열에만 투자해 놓고 나머지 5포인트는 보류시켜 놓아야 하는 캐릭들로, 당연히 원거리 공격력은 괜찮은데 몸빵 능력은 종잇조각들. 당연히 보조 몸빵이 가능한 캐릭은 눈을 씻고 찾아봐도 없다.

또한 직업과 관련된 퀘스트도 받아선 안 된단다.

직업 퀘스트 진행이 의뢰인의 낙이라나.

프리스트 계열 캐릭들은 누구든지 키우고자 하면 빨리 성장시킬 수 있는 직업인지라 돈을 들여 키울 필요를 느끼지 않기에 의뢰하지 않은 것이다.

파티를 규합하는 외침 중에 치료술사 등 성직자 계열을 구하는 외침이 가득한 것만 보아도 클레릭, 프리스트 계열의 인기를 짐작할 수 있다.

아무튼 내 캐릭인 지오야말로 이런 정신 계열로만 특화된 파티원들의 렙업을 거들어야 하는 유일한 근육 캐릭인 것이다.

아, 아, 순혈전사. 그래, 순혈전사지.


사냥터를 옮기기로 했다.

시험 삼아 도전하는 몬스터는 레벨 32짜리 스켈레톤 나이트다. 피통이 4,500으로 빠방하고 데미지도 크게 들어온다고 알려진 몬스터로, 그 대신 기초 스킬 북과 갑옷을 잘 준다고 알려졌다.

우선 무리에서 떨어진 스켈레톤 나이트를 하나 정했다. 정령사 캐릭이 바람의 하급 정령을 소환해 유인하러 날려 보냈다.

새파란 정령체가 스켈레톤 나이트 주위를 돌며 한 대 툭, 치고는 우리 쪽으로 냅다 달아났다.

"이런!"

데미지가 꼴랑 1 들어갔네.

이거 심상치 않다.

스켈레톤 나이트는 삐거덕삐거덕거리는 걸음으로 파티 쪽으로 걸어왔고, 내가 나서 앞을 가로막았다.

양손 둔기로 스킬을 발동해 내려찍었다.

"크래쉬 해머!!"

쿠와앙~!

스킬이 작열하는 효과음과 함께 52라는 붉은 숫자가 스켈레톤 나이트에게서 빠져나갔다.

에계계, 구사할 수 있는 최고의 대인 스킬이건만 레벨 차이를 극복하기엔 역부족이었다.

이제 스켈레톤 나이트는 정령 대신 나를 바라보기 시작했고, 클레이모어형 중검으로 나를 향해 힘껏 휘둘러 왔다.

기술을 발동하기 위해 근접했기에 피할 수 없다. 착용한 아머 세트가 얼마나 견딜지가 관건!

슈앙―

뿌가가가각!

가격한 여파가 착용한 아머를 통해 손가락 끝이 부르르 떨릴 정도로 전해졌다. 데미지를 제대로 먹으면 컨트롤이 먹지 않는다는 게임 설정에 충실하게 바이오 글러브를 통해 진동이 부르르 전해왔다.

허어, 107이라는 데미지가 들어왔다.

주변에서 큰곰이와 작은곰이의 중얼거림이 들려왔다.

"평타가 저 정도 들어오면 할 만하네."

"오방 간다!"

뭐, 뭐라고?! 할 만하다니?

게다가 오방? 이런 놈들을 5마리씩 밀어 넣겠다는 거야!

'잠깐!!' 이라고 외치기도 전에 작은곰이가 컨트롤하는 푸른 정령체가 스켈레톤 나이트의 무리 속으로 스며들었다.

"아놔―"

양손에 힘이 절로 들어가며 눈앞의 스켈레톤 나이트를 집중해 가격했다. 이놈 하나라도 피를 줄여놓기 위해서다.

저들이 그러겠다는데 누가 말릴 것인가.

잘 사용하지 않던 왼손 바이오 글러브 쪽에도 힘이 들어갔다.

지금 들고 있는 무기는 양손 메이스다.

거 있잖은가, 망치 말이다, 망치. 떡매! 정말 뽀대 없다.

하지만 CON에 특화된 무기는 이 떡매 같은 메이스 계열이 유일하기에 양손을 이용해 떡(?)을 칠 수밖에 없는 것이다.

받쳐 입은 갑옷은 옵션이 빠방하게 붙은 준지존 급이라 그나마 마음에 들지만 이 둔기는 마을 NPC 상인에게 구한 일반 구현품이다.

싸.구.려!

"이런 렙 차이에서는 데미지가 제대로 들어갈 리 없잖아."

방금 보았지 않은가? 큰 스킬을 발동했는데도 데미지 52가 들어갔으니 그냥 휘두르는 평타는 보나마나다.

뿌바바박!

28, 32, 29······.

사정없이 연타를 먹였지만 연타 합쳐서 데미지 100을 먹이지 못했다.

"이보라고요, 이건 시간 낭비예요!"

라고 외치고 자리를 이탈하려는데 스켈레톤 나이트들의

반응이 이상했다.

빠각—

> **치명적인 타격을 가했습니다. 대상은 2초간 충격 상태에 빠집니다.**

"어?!"

해머를 맞은 스켈레톤 나이트가 휘청거렸다. 해골에 금이 간 그래픽이 떴다. 연타 중 크리가 터지며 둔기 무기 특성인 밀어내기 기능과 충격 기능이 먹힌 것이다.

일단 충격 상태가 되자 이놈은 움직임이 둔해지고 휘두르는 검격도 흐트러져 들어와 검이 갑옷의 곡면에 걸려 튕겨났다.

티팅—

데미지 56. 좀 전에 비하면 반에도 못 미치는 데미지다. 감각 센스를 통해 느껴지는 감도도 무뎠다.

암, 인기없는 무기에 이 정도 보너스는 걸려 있어야 정상이지.

"으라라라챠챠—!!"

폭주 모드다. 양손을 모두 컨트롤해 연타로 스켈레톤 나이트를 사정없이 몰아붙였다. 렙 차가 극명하니 분명 마비 상태는 빨리 풀릴 것이기에 최선을 다해 다시 한 번 더 크리가 작렬하기를 바라 마지않는 몸부림이다.

터져라, 터뜨려라! 제발 터지라고!! 크리야!!

내가 초능력자는 아닌가 보다. 아무리 외쳐도 연속 크리는 안 터졌다. 하기야 제로에 가까운 DEX 능력치론 좀 힘든가?

'그럼 이제 곧 정상 상태가 될 텐데.'

아니나 다를까, 데미지가 들어오기 시작하는 게 80에서 100대를 오르락거리기 시작했다.

스켈레톤 나이트가 금세 충격 상태에서 벗어난 것이다.

크리가 잘 터지는 둔기로 투자를 하던지 해야지…….

투덜대도 일대일은 할 만했다. 그러나 드디어 진정한 위기가 다가왔다.

화가 난 스켈레톤 나이트의 등 너머로 스켈레톤 솔져 셋과 나이트 하나가 약을 올린 정령을 쫓아 다가오고 있었다. 네 마리가 사이좋게 뭉쳐서 말이나.

벌컥, BP 500짜리 중급 포션을 복용하고는 다가오는 스켈레톤 몹들의 앞을 턱하니 막아섰다. 스켈레톤 나이트 둘에 솔져 셋을 동시에 상대해야 하는 순간이다.

순혈 전사 지오의 유일한 범위 스킬을 발동했다.

"클로버 휠—!"

우우—웅, 해머의 자루 끝을 양손으로 부여잡고 투포환 돌리듯이 휘둘렀다.

뿌버버버벅—!

오, 통쾌한 나격음.

단단한 뼈다귀에 둔기가 작열하며 팅팅거리는 진동이 양손에 고스란히 전이되었다.

'이야, 손맛 좋네!'

하지만 기분과는 달리 몹들에게서 처량한 숫자들이 빠져나가는 것을 보아야 했다. 다섯 마리 모두 가소롭다는 듯이 날 쳐다보았다.

동화율이 높아지니 몬스터의 표정까지 읽혀지나 보다.

여하튼 모두 나를 쳐다보도록 하기엔 성공한 셈. 그 대가는 컸다.

"아주 도끼부터 창끝까지 마구 쇄도하네!"

몸부림치듯이 해머를 휘두르며 공격엔 공격으로 맞대응했다.

캉캉, 티디틱.

눈앞에서 노란 불꽃이 튀었고 피가 뭉텅이로 빠져나갔다.

무기 컨트롤 반응이 느려지는 게 크리를 당했음이리라. 이제 내가 당할 차례가 온 건가.

치명적인 일격을 당했습니다. 3초간 동작이 느려집니다.

"제, 젠장!!"

Act 05
본 크러서

"크으……."

5:1이니 당연히 크리를 당할 확률은 내가 훨씬 높았다.

그런데 이 아저씨들이 뭐 하는 거야? 지금 나 죽는다고!

바람이 전달되었는지 땅바닥이 들썩였다.

불쑥, 스르르륵.

징그러운 감촉이 발밑에서 꿈틀거렸다. 목표는 내가 아니었다.

몹들이 위치한 땅바닥에서 가시덩굴이 자라 올라 뼈다귀들의 다리를 붙들어매기 시작했다. 자연 뼈다귀들의 움직임이 둔해졌고 쏟아지는 무기들의 공세가 조금 줄어들었다.

하나 이 정도로는 아직 안전하다고 할 수는 없었다.

싸라라랑—

기분 나쁜 냉기가 머리 위에서 떨어져 내렸다. 섬뜩했다.

뼈다귀들의 상체에 성에가 끼더니 다시 성에가 얼음 결정으로 화해 꽁꽁 얼어붙었다. 냉기 마법이다.

마법과 정령술이 제때 발휘된 것.

"나이스!"

그러나 레벨 차이가 엄연했으니 뼈다귀들의 발을 붙든 덩굴은 금세 뜯겨 나갔고, 엉겨 붙은 얼음덩이는 곧 성에 상태로 녹아들었다. 그래도 이게 어디야. 움직임이 봉쇄된 틈을 이용해 신나게 해머를 휘둘렀다.

"크리야, 터져라! 크리야!!"

내가 들어도 애절한 목소리다.

퍽퍽퍽—!

해머에 얼음이 튀었고 간간이 크리가 터지며 뼈다귀들이 충격 상태에 들며 주춤거렸다. 치고, 치고, 또 치고, 뼈다귀가 가루로 흩어질 때까지 흠씬 두들겨 댔다.

손에 전달되던 통쾌한 쾌감 같은 것은 이미 잊었다.

이번엔 땅바닥에서 흐물거리는 몬스터 사체들이 올라와 끊어져 나간 덩굴의 자리를 채웠다. 머리 위로 후끈한 불덩이가 내려와 뼈다귀들 한가운데에 떨어졌다.

그 후 푸른 정령들이 뼈다귀들의 시야를 어지럽히며 뼈다귀들을 혼란에 빠뜨렸다.

　이렇게 아군이 합세하자 몹들의 피를 꾸준히 닳게 만들었다. 간당간당한 상태를 유지하며 종국엔 뼈다귀들을 데드 상태까지 몰았다. 그동안 중급 포션을 세 개나 소비하며 겨우 버텼다.

　뼈다귀들이 중심을 못 잡고 휘청거리고 있었다.

　"클로버 휠!"

　뿌버버버ㅡ벅!

　쿠워어어억ㅡ!

　경험치가 주르륵 올라갔다. 정확히 몇 퍼센트가 올랐는지는 계산되지 않았지만 레벨 28짜리 스켈레톤 솔져가 섞여 있어 이런 식으로 20회만 하면 거뜬히 1업은 할 것 같았다.

　작은곰이가 다가왔다.

　"해머로 스켈레톤의 사체를 잘게 부숴줘."

　"예?"

　"강한 몬스터 사체는 네크로맨서에겐 더없이 좋은 재료거든."

　"아!"

　쉴 사이가 없네.

　다른 캐릭들이 마나를 채우며 휴식을 취하는 동안 해머로 땅바닥에 널브러진 뼈다귀들을 내려쳤다. 두개골을 바수어 네크로맨서가 수습하기 편한 상대로 만들었다.

팟팟, 길쭉한 뼛쪼가리가 날카롭게 사방으로 튀었다.

'제법 고어스럽군.'

이어 네크로맨서 캐릭이 잘게 부서진 뼈들을 주워모아 혼령 채집 도구인 '뼈 절구'에 담아 꽁꽁 찍기 시작했다. 그 광경이 봐줄 만했다. 그런데 잘게 부순 뼛가루 위로 손가락 끝을 스윽 따더니 붉은 핏방울을 절구통 안으로 주르륵 흘려보냈다.

"으, 소름 돋게시리……."

네크로맨서가 스킬을 습득하는 과정은 정나미가 떨어지기에 충분했다.

그것으로 끝이 아니었다. 웅얼웅얼 기분 나쁜 주문을 외우는 것이다. 그렇게 게임상에서 음울한 웅얼거림의 운율은 최고조에 달하였다.

절구 안에서 백색 연기 같은 것이 물컹 일어났다.

회색 연기 덩어리엔 눈, 코, 입의 자리가 시커멓게 뚫려 있었다.

'귀신이다, 귀신!'

어라라? 근데 그 귀신을 네크로맨서가 코로 빨아들이는 게 아닌가?

오염된 혼령을 흡입하다니… 으, 소름 만빵 돋아.

꼭 저런 시각적인 효과를 넣어야 게임이 된단 말인지? 영화의 한 장면 같다기보다는… '변태 게임 아냐?'라는 생각이 불현듯 들었다.

여하튼 오덕후들이 좋아할 만한 효과임에는 분명하리라.

> **지오님의 동화율이 3퍼센트로 떨어졌습니다.**

허걱, 가상 세계와의 동화율이 뚝 떨어지다니.

젠장, 어떻게 올린 동화율인데 이렇게 떨어지게 만들어?!

네크로맨서의 행위를 끝으로 파티원들은 자리를 잡기 시작했다. 예의 푸른 정령체가 튀어나갔다. 몹들을 몰아왔고 다시금 좀 전과 같은 패턴의 몬스터 사냥이 시작되었다.

단지 좀 달라진 것은, 네크로맨서 캐릭이 소환한 몬스터 사체들이 좀 더 강력하고 질겨졌다는 게 느껴질 정도라는 점.

그래도 한 파트를 처리하는 동안 중급 포션 3개를 소비하는 건 마찬가지였다.

다시 뼈를 바수고, 혼령을 수집하고, 이어 사냥으로 이어지는 단조로운 패턴이 이어졌다. 타격이 주는 손맛은 무감각해질 대로 무감각해져 갔다.

이 자리에서 무려 3업을 했다.

레벨 차이가 줄어들자 둔기 데미지가 조금씩 더 먹혀들었고 치명적인 크리티컬 데미지도 착실하게 작렬했다.

그 맛에 지리함을 덜 수는 있었다.

그리고 몸빵 역할에 우군이 생겼다. 우군?

25레벨로 업한 네크로맨서 캐릭이 스켈레톤 솔져 한 마리를 소환해 사냥에 가세시킨 것이다.

방금 전 파티에서 잡은 스켈레톤 솔져. 쉬지 못하고 뼈를 바순 공이 금세 결실을 맺었다.

기브 앤 테이크가 빠른 게임임엔 확실해.

"우린, 절대 의미없는 행동을 시키진 않지."

"……."

큰곰이가 이제야 여유를 찾았다고 생각하는지 생각을 말해왔다.

그렇다. 변태 짓을 시켰으면 응분의 대가가 있어야 하는 것은 당연하다.

그러나 스켈레톤 시리즈를 상대하는 동안 가상 세계와의 동화율은 더 이상 오르지 않았다.

올랐다 떨어졌다를 반복했다.

이런 몬스터의 존재 자체를 부정하고 있음이 이렇게 표가 났다.


간간이 스켈레톤 나이트가 들고 있는 무기들이 떨어졌는데, 내가 쓰고 있는 것과 같은 둔기류는 잘 떨어지지 않았다.

떨어져 보았자 성에 찰 정도의 아이템이 아니었다.

이래저래 실망하고 있는데 사고가 났다.

갑자기 해골이 한 대 칠 때마다 데미지가 200~300씩 푹푹 들어왔다.

"이거 뭐야?!"

나 역시 스켈레톤 워리어가 섞여 있는지는 데미지가 줄어들고 나서야 인지했다. 처음엔 착용한 아머가 깨진 줄 알았다.

이 위험한 상대를 확인해 준 것은 작은곰이었다.

"아차차, 워리어를 끌고 왔구나. 겹쳐 있어서… 아임 쏘리!"

"허걱! 워리어!"

이 게임에는 한 지역에서 극심한 몹 몰이를 방지하기 위해서 간간이 준보스 급에 달하는 몹들을 섞어 놓았는데, 그만 그것을 착각하고 건드린 것이다.

하기야, 그 뼈다귀가 그 뼈다귀이니…….

장시간 몹을 몰다 보니 집중력이 떨어졌는지 38렙짜리 스켈레톤 워리어를 몰고 왔다. 위기!

큰곰이가 다급하게 지시를 내렸다.

"지오는 상급 포션 준비하고, 저놈을 집중해서 스킬 발동한다."

게임 시작하고 처음으로 BP 1,000짜리 포션을 복용해야 할 상대를 만났다.

스켈레톤 워리어의 위력은 명불허전이었다.

쿠워억!

나 제법 센 놈이라는 듯 기성도 우렁찼다.

문제는 뿌려대는 무식한 도격!

슈와아아악—

사람 허리치에 달하는 굽은 곡도가 네크로맨서의 소환수 인 스켈레톤 솔져에 작렬했다.

뿌각—!

효과음 작살이었고 소환수는 금세 뼈 무더기로 화해 풀썩 주저앉았다.

"한 방이네, 젠장."

욕 나온다. 아무리 피로도가 쌓인 소환수라도 같은 스켈레 톤 시리즈라 그 우열은 극명했다.

소환수가 갑작스럽게 강제 소환되자 네크로맨서 캐릭의 BP바와 MP바가 반동가리로 변했다. 작은곰이의 네크로맨서 가 휘청거리며 대열에서 물러났다.

안 그래도 피통이 빈약한데 삐져나온 다른 몹들에게 한 대 라도 맞는다면 그대로 사망이다.

소환수의 희생을 발판 삼아야 했다.

시야에 등을 반쯤 튼 상태의 워리어가 들어왔기에 스킬을 담은 둔기질을 선사했다.

패주고 싶은 등짝 발견!

"크래쉬 해머! 클로버 휠!"

두 개의 공격 스킬을 연속으로 터뜨렸다.

뿌버버벅!!

그중 크리가 터지며 워리어의 움직임이 등을 보인 상태로 주춤거리게 만들었다.

이에 파티원들의 단일 마법이 워리어에게 집중적으로 퍼부어졌다.

"파이어 블러스트!"

"휠 윈드!!"

퍼어어엉ㅡ!

마법이 작열하는 효과로 눈앞이 따가웠다.

다른 스켈레톤 몹들의 데미지가 나에게 집중되었다. 하지만 신경 쓸 수가 없었다. 죽든 살든 오로지 스켈레톤 워리어였다.

워리어의 무지믹지한 참격 역시 나에게 집중되었다. 스켈레톤 워리어의 뻥 뚫린 두 눈엔 새파란 귀화가 넘실대며 자신을 가로막은 나를 으스스하게 바라보았다.

쿠오오오ㅡ!

슈가가각ㅡ!

아머를 가르고 데미지가 깊숙이 들어왔다.

BP가 567이나 뭉텅 떨어져 나갔다. 레벨 차이에다 크리티컬 데미지였다. 생명이 20퍼센트에 채 미치지 못할 정도로 떨어졌다.

"이, 이런……."

3초면 죽음이다. 얼른 상급 포션을 복용했다.

입 안이 씁쓸한 것은 나만의 착각? 그만큼 몰입했음이다.

여하튼 이도 잠시간의 시간을 번 것일 뿐, 워리어의 움직임을 무마시키는 게 최선이다.

생각이 통했는가! 메이지들이 갖가지 전격 마법에 이어 '에어 해머' 등 충격 효과를 줄 수 있는 마법들을 엄선해서 워리어에게 떨구었다.

쓰― 투두우웅―

이어 정령사 캐릭들이 거들고 나섰다. 물의 정령이 나타나 워리어의 무시무시한 곡도를 감쌌다. 데미지를 줄이려는 궁여지책!

다른 정령사는 나에게 바람의 정령을 두르게 하여 일종의 더미로 내세워 주었다.

휴, 겨우 마비 상태가 풀렸다.

그제야 워리어를 상대로 호각을 이룰 수 있었다.

워리어의 피통 바는 무려 5,500에 육박했다. 그 때문에 한 10분 정도 진땀을 빼야 했고, 이는 꼭 1.4킬로미터를 전력 질주한 것과 같은 피로도로 다가왔다.

가상 세계와의 동화율, 이거 문제있다.

그나마 작전이 주효했는지 깊은 데미지가 들어오지 않자 싸울 만해졌다. 몰매에 장사 없다고, 워리어의 피통 바도 꾸준히 줄어드는 상황이 되었다.

마무리만 하면 되었다.

근데 이 스켈레톤 워리어란 몹, 웃겼다.

인공지능에 어떻게 설정되었는지는 몰라도 위기가 닥치자 주변의 스켈레톤 몹들을 지휘해 자신의 앞에 내세우는 것이다.

처음엔 우연이라 생각했는데 일렬로 늘어서 워리어의 지휘를 받는 스켈레톤 몹들을 접하니 인공지능 설계에 감탄이 절로 나왔다.

"이야, 이놈, 지휘 능력이 있는데?"

큰곰이의 감탄하는 소리기 들려왔다. 동시에 작은곰이가 외쳤다.

"저놈 튄다! 막아!"

과연 스켈레톤 워리어는 그런 식으로 더미를 앞장세우고 달아나려 했다.

"이 자식, 유저들의 땀을 이렇게 빼놓고 내빼려 하다니, 용서 못해!"

사람을 얼마나 패놓고는 이제 와서 째려는 거냐!

난 이를 갈며 스켈레톤 몹들이 짜놓은 대열을 뛰어넘었다. 단 하나 찍어놓은 점프 스킬이있다.

이어 달아나려 등을 보인 워리어의 넓은 등짝에 스킬을 발동해 찍어 눌렀다.

"내 땀 돌리도—!!"

후우웅—

뿌억—!

정통으로 크리티컬이 터졌다. 스켈레톤 워리어가 크게 비틀거리기 시작했다. 헛, 데미지가 300이면 크리가 터져도 너무 크게 터졌다. 레벨 차이가 있는데…….

이유는 나중에 찾기로 하고 동작이 무뎌진 워리어에게 연타로 둔기를 내리쳤다.

퍽퍽, 파앗!

통쾌한 타격음이 울리며 크리가 퍽퍽! 연속해서 터졌다.

일반 평타인데도 평균 200씩 꾸준하게 먹혔다.

"이럴 리가 없는데?"

순식간에 워리어의 피통 바가 줄어들었고, 마무리로 해골을 겨냥해 내리찍었다.

빠각—!

처단하는 순간 뭐라뭐라 하는 상투적인 메시지가 귓가에 들렸다.

동화율이 2ㅁ퍼센트에 달합니다.

"오호!"

그랬다.

등을 보인 그 순간 이미 워리어가 아니었다. 그래서 레벨 차이에도 최대치의 데미지가 먹혔던 것이다.

워리어가 무엇을 떨어뜨렸는지는 몰라도 나머지 몹들을 정리했다. 나머지 몹들은 워리어에 비하면 픽픽 떨어져 나갔다.

당연히 스킬 등록이다.

머리에 든 것을 누가 뺏어갈 것인가.

나중에 안 거지만 이처럼 E&T는 유저가 특별한(?) 행동을 하면 돌발적인 보상을 떨군다. 그건 스텟일 수도 있고, 지금처럼 스킬일 수도 있다. 재수만 좋으면 재채기를 해도 떨어지는 게 있는 게임이 바로 E&T다.

전투가 끝나고 스킬도 등록했다. 다음에는 네크로맨서 캐릭이 스켈레톤 워리어의 혼령을 수거하는 것을 거들어주었다. 이번엔 적극적으로 협조했다.

25레벨 네크로맨서가 38레벨짜리 워리어의 혼령을 수거한다면 든든한 소환수로 이용할 수 있을 것이다.

비겁한 네 덕에 나도 좀 살자!

큰곰이 캐릭 중 한 명이 다가와 내 어깨를 툭툭, 치며 말했다.

"놓칠 줄 알았는데."

"들인 공이 얼마인데요. 상급 포션만 10개 소모되었어요."

"그, 그렇게나……."

역시 돈에 민감하시군.

"그러니 약이 오르지요. 그래놓고 내빼려 하다니."

"크음. 아, 젠장. 들인 시간을 생각하면 수지가 영 아닌데.

어디 아이템은 뭘 떨어뜨렸나 볼까? 이 자식, 구린 아이템을 떨구었기만 해봐라. 소환수로 끝까지 부려먹을 테다."

"······."

음, 역시 사악해. 포스가 느껴진다. 나라도 그럴 것이다.

그때 작은곰이 탄성을 질렀다.

"와우, 럭키! 3소켓짜리다!"

"뭣?! 정말 3소켓 떴어?"

워리어가 뱉어낸 아이템은 필드에서 흔하게 나올 수 있는 아이템이 아니었다. 그러니까 등을 보이고 달아나려 했겠지.

'나쁜 놈.'

놈이 뱉어놓은 아이템부터 확인했다.

귀속 아이템 하나가 떨어졌는지도 까맣게 잊고 말이다.

---

## Item

**무기명:본 크러셔.**

요구 CON:15□            급수:1/5,□□□

공격력:43~82           내구성:88/1□□

특이사항:충격 효과 지속 시간 15% 향상.

크리티컬 시 6% 라이프 충전. +6의 DEX치 증가.

+8의 STR치 증가. 빈 소켓 3개.

여하튼 초보 눈에도 뭔가 옵션이 많이 붙은 게 좋아 보였다.

정말로 아이템엔 빈 소켓이 3개나 뚫려져 있었다.

일인승 스포츠카를 본 것 같은 탄성이 절로 나왔다.

"와아~!"

두 곰들도 고개를 끄덕이며 침을 삼켰다. 그들로서도 간만에 먹음직한 아이템을 건진 것이다.

"최소 데미지가 약간 처졌지만 옵션이 많이 붙어 있는 레어 급 해머가 확실해!"

"흐음, 이 사냥터에서 5업은 더 할 예정이니까 약간 투자하는 것도 나쁘진 않겠지?"

"옵션 좋은데? 제련하면 소켓이 더 붙을 테니까 레벨 50까지 무난히 쓸 수 있겠고……. 제련?"

"오우~케이!"

두 사람의 대화에 내 눈이 번뜩이고 귀가 쫑긋 세워진 건 두말할 나위 없었다.

네, 그럼요. 나도 무기 같은 무기로 사냥 좀 해보자고요~

인벤토리에 텅 비어버린 포션도 보충하고 간만에 나온 무기도 교체할 겸 마을로 귀환했다.

무리를 했는지 입에서 단내가 나며 온몸이 저려왔다.

그래서인지 깜박 잊고 손가락 끝에 끼워진 '뼈 반지'를 확인하지 못했다.

*           *           *

마을 대장간에 우르르 몰려갔다.

작은곰이가 NPC 대장장이에게 이 게임에서 제공하는 하급 제련석인 '달의 파편' 을 건네주고 아이템 강화를 요구했다.

두 덩치에 가려서 어떻게 아이템 업글이 되는지는 볼 수가 없었다. 덩치가 산만 한 여섯 캐릭이 나란히 붙어 있으니 무슨 18폭 병풍이 따로 없다.

"이거 맞들이면 한 달 벌이를 허공에 날려 보내는 건 일도 아니지."

큰곰이 요주의 사항이라는 듯 엄한 목소리로 날렸다. 마치 어른들이 '도박에 빠지지 마라' 든가 혹은 사극에서 사부가 제자에게 '여색에 빠지면' 이라는 등 인생의 중요한 금기를 가르쳐 주는 것 같다.

'예. 알아요, 안다고요!'

친구들과 치기 만발하던 시절에 작업장을 꾸려서 했던 게임을 결정적으로 접게 된 계기 중 하나도 소모적인 아이템 업을 감당할 수 없어서였다.

+1에 대한 욕심만 부리지 않으면 되는데 그게 쉽지가 않다.

아이템 제련 유혹은 도박 중독성을 넘어선다.

+9! +12!!

이게 과연 무엇이건대 게이머들이 목매는지는 해본 사람만이 그 치명적인 유혹을 안다. 성공의 유혹이 실패의 공포를 잊게 만들어준다. 그러다가 실패하면? 그 뒤로는 본전에 대한 집념만이 남는다. 이제는 헤어날 수 없다.

짜잔~!

제련 시 울리는 유혹적인 간지러운 효과음이 들렸다.

첫 번째 업이 성공한 것이다. 이어 세 번 연속 업글에 성공하는 소리가 연이어 울려왔다.

오~ 오늘 제련빨 받는데!

어느 게임이나 +4~+6까지는 이렇듯 어렵지 않게 업을 시킨다. 그리고 더, 더!

한데,

"여기까지!"

"암, 여기까지. +4에서 소켓 5개 자린 흔하지 않지."

에? 꼴랑 +4 띄우고 만단 말인가? 최소 +6까지는 띄워야 하는 것 아냐? 이치들, 덩치완 다르게 너무 소심하잖아?

"거쳐 가는 아이템인데 이 이상은 의미없는 투자지."

"거쳐 가는 아이템……."

피시시식, 김이 빠졌다.

레벨 23짜리에겐 과분한 아이템이라는 눈치를 주었다.

예, 예, 그럼요. 그렇다면 그런 거겠죠.

'쫌생이들……'

입술이 튀어나오는 것을 밀어 넣으며 대장장이에게 아머(방어구)의 수리를 맡기며 +4로 제련된 '본 크러셔'를 넘겨받았다.

오, 이거 중량감이 의외로 적으면서 해머 머리 부위가 듬직한 것이 손가락 끝에 전해지는 균형감이 오묘했다.

감성공학의 승리란 이를 두고 하는 말이리라.

---

# Item

**무기명:본 크러셔 +4.**

요구 CON:146(15ㅁ)　　　급수:1/6.6ㅁㅁ

공격력:55~94　　　　　내구성:12ㅁ/12ㅁ

특이사항:충격 효과 지속 시간 21% 향상. 스킬 딜레이 9% 향상.
　　　크리티컬 시 1ㅁ% 라이프 충전. +1ㅁ의 DEX치 증가.
　　　+12의 STR치 증가. 빈 소켓 3개.

스킬 포인트:1　　　스텟 포인트:1

빈 소켓:5개.

팁:해골 반지, 해골 팔찌, 해골 목걸이, 해골 벨트, 해골 액세서리 착
　용 시 추가적인 보너스가 주어집니다.

나름 화려했다. 큰곰이도 그렇게 느끼는지 큰 선심이라도 쓰듯 말했다.

"어때? 옵이 장난이 아니지?"

"소켓이 비어 있는데 채워야 되는 것 아닌가요?"

"아니, 채우지 않고 팔아야지. 비운 채로 마켓에 올려야 기대심리를 강하게 자극하거든."

"예……."

에혀, 뭘 기대하겠어…….

하긴 이들은 게이머가 아니라 엄연한 작업장의 '업자'들이니 기대를 말아야지.

실망감도 잠시, 손에 쥔 본 크러셔의 진가를 확인해 보고 싶은 충동이 물씬 일어났다.

두 곰탱이가 지시하기도 전에 사냥터로 달렸다.

다 죽었어!

뼈다귀들!!


*　　　　*　　　　*


우리 파티가 마을에 등장하면 퀘스트 NPC들이 우르르 몰려와 맴돌다 은근히 캐릭들에게 접근해 퀘스트를 내온다.

"쯧쯧, 그렇게 방황을 해서야 쓰나. 어떤가? 되살아난 병사들을 안식의 길로 인도해 주지 않겠나? 대가로 고대 전사의 비법서가 감추어진 곳의 지도를 주겠네. 비법서에 담긴 무기술은 무적이라고 알려졌는데… 웅? 필요없다고?! 뭐, 이런……."

"……."

"아직도 변변한 직업도 없이 돌아다니고 있다니… 쯧쯧, 요즘 젊은것들은 일할 생각을 안 해. 어때? 내 밑에서 포션 제조를 배워볼 생각 없는가? 큰돈을 만질 수 있는 직업이지. 똑똑한 게 마음에 드는군. 어떤가? 관심있으면 따라오게. 날 만난 걸 행운으로 생각해야 돼. 뭐? 관심없다고?! 뭐, 이런……."

"……."

무, 무직의 서러움……. 망할.

파티는 히든 클래스를 준다는 '숨은 은사'가 접근해도 무시할 태세다.

"한눈팔지 마, 의뢰인은 직업을 부여받은 캐릭을 바라지 않아. 뭐, 따로 생각한 의뢰인만의 히든 클래스가 있는 거겠지."

"예."

E&T는 전직이라는 개념이 없다. 그러나 히든 클래스는 있다. 너무 많다.

제공하는 히든 클래스의 가짓수는 현실 세상의 수많은 위인들을 모티브로 해서 수천 가지나 되고, 그 장점을 딴 교차 조합을 감안하면 수만 가지로 늘어날 수도 있다.

유저라면 누구나 독특한 능력을 가진 캐릭을 성장시킬 수 있는 것이다.

대표적으로 '천상의 요리사' 라는 히든 클래스를 부여받은 유저가 E&T에선 유명하다. 그가 만든 요리를 먹으면 특정 능력치를 급증시킬 뿐 아니라 휘두르는 칼질엔 전문 어쌔신도 울고 갈 정도로 강하다.

그렇게 그는 E&T에서 최초로 108렙을 찍은 유저가 되었다.

실제 직업도 일식 요리사로 밝혀져 가상 세계와의 동화율이 얼마나 중요한지를 증명하는 지표로 지금도 자주 언급되는 지존 급 유저다.

"저, 의뢰받은 캐릭은 그렇다 치더라도… 제 지오는 히든 클래스를 부여받으면 안 될까요? 뭔가 도움이 되지 싶은 데⋯⋯."

"우리도 생각 안 해본 게 아니야. 근데 히든 클래스를 부여받으면 히든 클래스만의 스킬을 연마하는 퀘스트를 진행해야 하지. 파티에서 따로 떨어져 나가야 한단 말이야."

"그렇군요."

하긴 히든 클래스 자체가 원래 고독하게 홀로 가는 '자기만의 재미' 다.

히든 클래스는 핑계고 실제 되어보고 싶은 것은 '블랙 스미스' 다.

무기를 만들고 방어구를 수리하고 제련석을 가미해 놀라운 '유저 메이드 아이템' 을 만들어내는, 일명 '바로 돈이 되는' 직업이다. 집중 투자한 CON 능력치와도 관련이 있다.

지금도 대장간의 NPC는 어깨에 짊어진 둔기를 보고 나에게 관심을 기울이며 은근히 눈빛으로 구애를 해왔다.

관심은 있지만 지금은 아니다. 좋아하는데 헤어지려니, 아니, 관심있는데 거절하려니 마음이 괴롭다.

그렇게 애틋하게 바라보는 대장장이 NPC에게서 등을 돌려야 했다. 퀘스트를 주기 전에 먼저 양해를 구했다.

"죄송합니다. 기회가 닿는다면 다시 찾아뵙고 싶군요."

"쯧쯧, 매인 몸이였군. 젊은이, 고생하는군. 자⋯⋯."

"응?"

턱석부리 대장장이 NPC가 다가와 쪽지를 몰래 쥐어주곤
그도 미련없이 돌아섰다.

## Quest

**대장장이 클룸의 메시지.**

멋진 눈을 가졌군.

자네를 보니 이 말을 들려주고 싶군.

'좋은 쇠는 망치가 되지 않으며, 훌륭한 남자는 병사가 되지 않는다.'

늘 음미하기를 바라네.

시간 나면 다시 들르게. 기다리겠네.

무사히 돌아오기를 기다리며 회피 기술이 적힌 비법서를 선물하지.

젊은 시절 유용하게 사용했지.

그럼, 살아서 보세나.

메시지가 끝이 나자 음성 정보가 잔잔하게 귓가에 들려왔
다.

대장장이 클룸을 통해 회피 스킬을 습득했습니다.

당신의 DEX치가 낮아 지금은 배울 수가 없습니다. 팔 수 없는 우정
의 증표입니다. 인연을 소중히 여기세요.

메시지를 읽는 순간 대장장이의 문구가 가슴을 답답하게 했다.

지난 2년간의 시간이 한순간에 지나치며 눈물이 핑 돌았다.

나는 2년간 훌륭한 남자가 아니었다.

*     *     *

"형은 지오, 그 친구를 어떻게 생각해?"

"며칠 지켜보니 재능이 느껴지는 친구야. 멀티 트레이너로서의 자질도 얼핏 엿보이기도 하고, 좀 더 지켜보아야겠지."

"하긴 우리 형편이 이러니 바로 같이해 보자고 권하기도 그렇지?"

"아쉽다, 아쉬워. 그 사태만 없었어도… 좋은 친구들 다 놓치고……."

"작업장에 필요한 멀티 트레이너가 되려면 연수 기간이 제법 기니, 1개월 플레이한다고 동화율이 얼마나 오를라고. 헛! 형, 이거 봐!"

"뭐?"

"지오, 그 친구 동화율이 28퍼센트까지 치고 올라간 적이 있잖아!"

"뭐? 말도 안 돼, 고작 12퍼센트 성장한 걸 확인했는데. 어디… 정말이네."

"어떻게 된 거지? 이런 피크 수치를 본 적이 없는데……."

"뭐야? 이 시간대는 전부 마을에 있을 시간이잖아."

"오잉!"

"헐, 도깨비 같은 친구로세."

전투 중도 아닌 마을 복귀 정리 타임에 웬 게임 열중?

두 형제는 지오의 갑작스러운 동화율 상승 원인을 찾을 수가 없었다. 대장장이에 대한 애틋한 마음을 이해하지 못했다.

\*          \*          \*

게임에서 캐릭의 능력을 결정하는 요인은 몇 가지가 있지만 전통적으로 크게 네 가지다.

첫째가 레벨이다. 두말하면 잔소리.

둘째가 아이템이다. 은근히 레벨을 뒤엎는 아이템을 등장시켜 유저들을 광분시킨다. 현질을 발생시키고 제련 중독자를 양산시키는 요인이다. 돈을 증발시켜 게임 내 인플레이션을 방지한다.

셋째가 유저의 컨트롤이다. 이 컨트롤에 대해서는 말을 말자.

너도 나름 컨트롤 지존이니까.

넷째가 전용 스킬이다. 히든 클래스가 독특할수록 그 차이가 극명하다. 게임 밸런스를 무너뜨리고 유저들을 떠나게 만드는 요인. 혼자 놀기의 극치를 제공한다.

여하튼 이 네 가지의 비율이 그 게임의 밸런스를 결정한다 해도 과언이 아니다.

대략 네 가지 요소의 비중은 60:25:12:3 비율로 보면 된다. 그 비율에서 25를 채워 넣을 만한 아이템이 내 손안에 쥐어져 있다.

뻐벅—!

쿠워어어어—

"히야—!"

데미지 작살의 크리가 터질 때마다 몹들의 피를 빨아들이는 게, 여간 신기한 아이템이 아니다.

포션도 절약되고 한 파트를 소화해 내는 시간도 점점 줄어들었다. 더 마음에 드는 건 바이오 글러브를 통해 전해지는 피로도가 거의 없다시피 해서 몰입도를 높이는 데 도움이 되었다.

게다가 네크로맨서 캐릭이 스켈레톤 워리어를 소환수로 소환하고부터는 스켈레톤 몹들은 그냥 녹아내렸다. 이제는 스켈레톤 워리어도 피하지 않고 몰아넣어도 간당간당한 정도에서 처리가 되었다.

이틀을 더 이 스켈레톤 시리즈 사냥터를 선세 내다시피 선점해 레벨업을 할 수 있었다.

레벨업을 할수록 파티 캐릭들의 위력도 성장하는 것이 선명하게 드러났다. 30레벨에 들자 쉬지 않고 12마리씩 가리지 않고 몰아넣어도 척척 해결할 정도로 팀웍이 자리 잡았다.

경험치는 줄어들어도 물량으로 빈자리를 채워 나갔다.

하지만 어느덧 12마리를 몰아 잡아도 떨어지는 아이템이 한두 개로 줄어들기 시작했다.

사냥터를 옮길 시기가 된 것이다.

근데 이틀을 이런저런 사냥터를 옮겨 다니며 사냥을 해보았는데 만만한 사냥터를 찾을 수가 없었다.

그렇다.

스켈레톤 시리즈 같은 만만한 사냥터만 있다면 어느 누가 부주를 고용하겠는가.

이후 사냥터의 문제는 원거리 투사 무기를 사용하는 몹들이 많다는 것이었다. 거, 있지 않은가. 화살을 날리든지 마법을 뿌려대는 몹들 말이다. 그 때문에 몰이사냥은 지지부진해졌다.

하루에 2업 하면 그날은 엄청 사냥이 잘된 날일 정도로 방해를 받았다. 그래서인지 남은 기간 안에 의뢰인들의 요구를 맞출 수 있을지 의구심이 생겼다.

부캐들의 육성 조건에 제약이 만만치 않음이다.

던전을 돌지 않으면 안 되었다.

여하튼 알바를 시작한 지 일주일 만에 35렙을 맞출 수 있었다.

"이제부터는 하루에 한 번 정도 유료 던전을 이용해야겠다."

카리스마 큰곰이가 지쳤는지 항복 선언을 했다.

초보인 나도 견적이 나오는데 고수인 그가 견적이 안 나올리 없다. 나 역시 집에 가는 길에 게임방에 들러 정보를 열람한 결과, 유료 던전 이외엔 해결책이 없음을 확인만 했을 따름이다.

게다가 유저들이 넘치는 오픈 필드에서 우리 입맛에 맞는 몹들만 골라서 몰아갔다가는 다른 유저들의 원성 듣기를 숨들이쉬듯 해야 할 판. 지금도 파티를 찾아와서 짜증내는 다른 파티나 솔로잉 유저들을 심심찮게 만나고 있다.

전성기 때에 비해 유저가 줄어들었다고 했는데 공짜 게임이라 그런지 그런 것 같지도 않았다.

이용자 이백만이라는 숫자의 위력은 이렇듯 대단했다.

"지오는 내일부터 7시까지 와주었으면 하는데……."

사근사근한 작은곰이가 미안한 표정으로 부탁해 왔다. 어감엔 정말로 미안해함이 역력했다.

"예, 제가 볼 때도 그 수밖에 없는 것 같아요."

"휴, 고맙다."

"식구들이 다들 일찌 나기는 편이라 괜찮습니다."

군발이 여동생과 군발이 지원병 여동생과 동거 중입니다
요.

"그럼 내일부터 7시다."

"예!"

사람 사귀는 재미로 아침 조출에 응했다.

장장 12시간을 이 작업장에 매여 있어야 하는 것이지만 아
르바이트 휴직기 때 집 근처에 이만한 일자리는 없으니 다음
휴직기 시 고용을 부탁하고 싶은 욕심도 없지는 않았다.

두 사람, 말없고 정을 안 주어서 그렇지 소소하게 잘 챙겨
주는 신사들이다.

내일부터는 학생들이 대거 들어오는 오후 4시까지는 오픈
필드에서 사냥하고 이후는 유료 던전을 공략하기로 했다.

유료 던전이라…….

機甲戰記
Massacre
기갑전기 매서커

# Quest

**돌아오지 않는 모험가.**

고대 매드 메이지의 생체 연구소가 발견되었습니다.

고대의 연구 생명체들이 알 수 없는 이유로 부활했습니다. 매드 메이지 던전의 괴생물체를 소탕하고 그 원인을 밝히세요. 죽은 모험가들의 유품을 챙겨서 가족들에게 전해주십시오. 소정의 보상이 있을 것입니다.

"니밀, 10인 던전이라 이거지. 별별 할인 다 받아서 입장료가 3,800원. 우휴, 느그 마이 무라―!"

단말기로 유료 던전의 입장료를 지불한 큰곰이가 게임사를 저주하며 옛날 영화에서나 나옴직한 사투리로 툴툴댔다.

'왜 안 그렇겠나.'

계획에 없던 지출이니…….

쫌생이!

유료 던전, 오로지 우리 파티만을 위한 사냥터로 인던(인스턴트 던전)이다.

다른 유저들의 방해도 없고, 보스 몹을 잡으면 좋은 아이템을 떨굴 확률이 필드보다 높다. 확실하게 지존 급 아이템을 준다는 보장은 없다만 도전하는 파티의 그날 운이 정말 좋으면 입장료의 100배 정돈 그냥 뺑튀길 수 있는 것이다.

참고로 E&T에선 아이템의 급수는 '몇분지 일' 같은 빈도수로 판별하게 되어 있다.

천분지 일 단위부터가 현금 거래가 이루어지는 좋은 아이템이라 할 수 있는데, 참고로 내가 가진 '본 크러셔'는 오픈 필드에서 나온 것치고는 오천분의 일이었으니 상당히 높은 수준의 아이템이다.

이백만 유저 중에 오천분의 일. 즉, 전 게임을 통틀어 비슷한 급수의 무기가 400개 더 있다는 뜻.

참고로 '만분지 일' 빈도부터 흔히 말하는 지존 급으로 취급한다.

다시 게임으로.

"자자, 던전아, 던전아. 우리, 오늘 처음이거든. 지존 급으로 하나 멋지게 떨구어 달라고ㅡ"

기원은 그렇게 했는데… 그래도 그렇지, 이건 좀 무리 아냐?!

슬슬 스켈레톤 워리어 사냥 시의 악몽이 떠올랐다.

왜냐고?

지금 레벨 30인데 40~45레벨 급 던전에 입장했으니, 왜 안 그렇겠나. 본전이나 찾을 수 있을지 미지수다.

두 형제의 눈빛이 반짝이는 게 탐욕률 200퍼센트.

흐이구, 저놈의 욕심은… 이봐, 이 캐릭들 죽으면 안 되는 거 아냐? 하기야, 이 형제는 킨드콜에 자신이 있으니 여기서도 어떻게든 죽지 않고 버틸 수 있겠지. 그런데 나는? 혹시 내가 실수하면 망하는 거?

"으윽, 긴장되네."

여기서 몸빵인 내가 죽으면 다른 캐릭들도 무사하기 힘들다. 실수가 용납되지 않는 상황. 원래 실수하지 않아도 죽을 수 있는 곳이니……

그런데 생각해 보니 이들이 나와 함께 여기에 들어왔다는 것은 실력을 인정한다는 뜻이 아닐까? 오호, 어깨에 힘이 좀 들어가는데!

"지오, 뭐 하냐? 어리버리하지 말고 긴장하자."

"예⋯⋯."

착각이었나 보다.

그르르르—륵.

우리가 찾은 던전의 석문이 중량감있게 서서히 열렸다.

일반 사냥터에서 아무 특징 없는 거대 바위 안에 던전이 숨겨져 있다는 설정이다.

높아진 몰입감으로 숨을 크게 들이켰다.

크둥—!

파티원이 모두 입장하자 순식간에 석문이 닫혔다.

순간 싸늘한 한기가 손끝을 타고 올라왔다.

실감나게 으스스했다.

먼저 작은곰이가 컨트롤하는 정령사가 빛의 정령을 소환해 어두운 암도를 밝혔다. 암도는 텅 비어 있었다.

그 암도를 따라 50미터쯤 전진했을까, 앞을 밝히던 빛의 정령이 '팟!' 하고 강제 소환되며 사라져 버렸다.

일시에 찾아든 암흑.

"입구부터 강적이 버티고 있는 건가?"

큰곰이의 메이지 캐릭이 '라이트 볼'을 발현해 눈대중으로 날려 버렸다.

그르르륵—

나타났다.

"호곡, 스파이더맨!"

물론 그 스판 쫄쫄이 차림의 거미인간을 말하는 게 아니다.

지금 눈앞에 버티고 있는 것은 인간형 상체에 거미 특유의 하체를 가진 몬스터다. 던전형 몬스터로, 매드 메이지의 실험에서 파생된 돌연변이 생물체이자 우리가 소탕해야 하는 과제물인 것이다.

상체엔 브레스트 아머를 걸쳤고 작은 방패도 한 손에 들려 있었으며, 등 뒤론 열 개가량의 투창까지 짊어지고 있어 제법 단단해 보이는 외형을 지녔다.

근데 아무리 판타지라도 저런 게 유전공학적으로 만들어질 수 있을까? 상상은 자유라지만… 하기야, 인간 장기를 돼지 몸 속에서 배양하는 세상이니 안 될 것도 없는 몬스터 컨셉이다.

키야—

거미인간의 눈에 녹광이 번득이더니 우리 파티를 향해 돌진해 왔다. 정확하게는 라이트 볼을 날린 파티 내 메이지 캐릭을 향해서다.

나는 파티원들이 준비할 수 있도록 앞을 막아섰다.

"으윽, 좁네. 던전이란 이런 거군."

공간이 협소해서 둔기 자루의 중간을 잡아 짧게 휘둘러야 했다.

슈욱—

빠각—!

거미인간이 내지른 짧은 창끝이 갑옷에 부딪쳐 튕겨 오르며 데미지가 들어왔다.

바이오 글러브를 통해 찌르르한 진동이 느껴지는 게, 레벨 차에서 오는 크리가 터진 게 확실했다.

역시나 300BP씩이나 빠져나갔다. 그리고 내가 먹인 데미지는 꼴랑 60BP 정도.

"제, 제길! 개시부터 크리냐!"

던전 초장부터 손해 막심 테크 트리를 탔군.

에이, 몰라. 포션을 들이켜 피통을 원상태로 채우고 공격 스킬을 연속해서 터뜨렸다.

투와아아앙, 파앙!

크와악!!

스킬 두 개가 연속해서 터지며 문지기 거미인간의 화를 확실하게 돋구었다. 얼마나 데미지를 먹였는지 숫자는 보지 않았다.

제법 데미지가 들어갔는지 거미인간이 좌우 지그재그로 흔들며 둔기질을 회피하려 들었다. 좁은 공간에서의 발놀림이 현란했다.

두 곰들에게 요청했다.

"다리를 노려주세요!"

"오케이!"

파티의 리더는 자연스레 내가 되어가고 있었다.

알아들었다는 신호와 함께 마법과 정령들이 거미인간의 다리에 집중적인 공격을 퍼부었다.

7:1 다구리엔 레벨도 통하지 않는다. 거미인간은 정신을 차리지 못하고 파티원들의 공격에 고스란히 노출되었다.

내가 정확히 보았다. 가상 현실과의 동화율이 13~18퍼센트에 달하자 몹들의 약점이 눈에 척척 들어왔다.

놈의 약점은 곤충형 다리 부위.

충분히 단단했지만 하나가 부러져 나가자 다른 쪽도 차례대로 부러져 나갔다. 종국엔 꼼짝할 수도 없이 제자리에서 몸부림치는 신세가 되고 말았다.

"빙고!"

큰곰이가 쾌재를 불렀다.

처음엔 움직임이 예사롭지 않았는데 그 해법을 단번에 찾은 것이다.

움직이지 못하는 거미인간은 '밥'이었다.

"크래쉬 해머!"

버둥거리는 거미 인간의 정수리에 둔기를 내려쩍었다.

거미인간은 본능적인 몸부림으로 방패가 달린 손을 들어 막았다.

투와—앙!

크리가 터지며 거미인간의 방패가 부서져 나가더니 방패를 들어 올린 팔을 축 늘어뜨렸디.

크와아아웍—!

거미인간이 고통에 겨운 괴성을 귀가 얼얼할 정도로 질러 댔다.

"이거 너무 처절하잖아!"

사운드를 줄이던가 해야지, 쩝.

그때였다. 등 뒤에서 강한 에너지 유동이 느껴졌다.

"벽에 붙어!"

경고성을 듣자마자 벽에 몸을 붙였다.

눈앞으로 탄환 같은 새파란 에너지체가 '슈왁—' 하고 사납게 지나쳤다. 기성을 지르는 거미인간의 벌린 입속으로 마법체가 빨려 들어갔다.

푸와아앙—

거미인간의 두부가 터져 나가며 끈적한 조각이 온통 사방으로 튀었다.

"으, 찝찝하게시리."

동화율이 높을수록 구현되는 이펙트 효과도 이처럼 처절하게 다가왔다.

동화율… 거참, 나로선 딜레마.

그리고 이따위 효과에 공을 들인 개발진들에게 경의를 표한다. 오덕 개발진들.

돌아보니 큰곰이의 메이지가 가슴을 들썩거리며 힘들어하는 게 보였다. 파티창에서 메이지의 MP바를 보니 삼분지 이가 달아난 상태였다.

"최대한으로 마력을 끌어 모아 한 방에 날려 보낸 마법인 가!"

일명 잡졸을 상대로 시간을 끌지 않겠다는 큰곰이의 의지 가 느껴졌다.

자, 일단 결산이 어떻게 되는지부터가 중요하지.

"도구창."

아이템 상자를 보니 이것저것 골고루 들어왔고, 돈도 금화 단위로 떨구었다.

오호라, 유료 던전은 역시 유료 던전답군.

지금까지 공개 사냥터에서 잡은 몹들은 주로 붉은 동전과 검은 철전, 아니면 은색 은화을 떨구는데 여긴 초장부터 누런 색 금화가 빤짝거린다. 감회가 새롭네.

"음, 이래서 유료 던전에 와야 한다니까."

작은곰이가 불만스럽다는듯 툴툴거렸다.

같은 생각인지 큰곰이가 움직일 줄 몰라 했다.

무슨 생각을 하는지 뻔하다. 비용 대비 수익을 셈하는 것이 겠지. 아니면 이때까지 경비 아낀다고 오픈 필드에서 뻘짓한 게 아닌가 하는 후회를 하는 중일까?

나보다 계산이 빠른 이들이니 이후가 기대되었다.

그때,

카키기기기각—

"엇, 또 온다!"

바닥이 다각거리며 섬짓한 기운이 어둠 너머에서 느껴졌다.

앞을 보니 방금 처리한 거미인간과 같은 형태의 거미인간 문지기들이 다가오고 있었다. 동료의 부르짖음을 듣고 몰려오는 것이리라. 몬스터의 동료애가 저리도 돈독한가!

하나, 둘… 여덟. 떼로 몰려왔다.

"정비!"

생각에 골몰한 두 곰들에게 경고를 하고 앞에 선 거미인간을 막으며 스킬을 발동했다.

"클로버 휠!!"

중간치를 잡았기에 범위 스킬이 잘 먹힐지는 자신없었다.

하지만 목표는 상체가 아니고 하체, 정확히 다리 부위를 노렸기에 최소한 움직임을 둔화시킬 것이다. 믿자, 믿으면 이루어진다.

뻐버버뻑!

대게 다리 부러지는 소리가 이럴까?

끼에에엑!

선두 거미인간 두 마리가 다리가 부러져 통로 중앙으로 주저앉으니, 자연스럽게 그들의 진로를 막아주었다.

이때 네크로맨서가 스켈레톤 워리어 두 마리를 소환해 양옆으로 붙였다. 스켈레톤 워리어들은 버둥거리는 거미인간에게 사나운 검격과 도격을 뿌려댔다.

쓰아아악—

스켈레톤 워리어들이 상체를 노리는 동안 나는 집중적으로 거미인간의 하체를 노리고 둔기를 휘둘렀다.

철근같이 단단한 다리지만 관절에 작열하자 뿌적! 소리를 내며 부러졌다.

키—헤엑!

그렇게 앞에 두 마리가 주저앉으며 완전히 길을 막아버리자 뒤쪽 거미인간들은 약이 올라 괴성을 질러댔다.

사라라라랑—

정령이 등장하는 효과음이 흐르며 불의 중급 정령이 등장했다. 정체 지점에서 너울너울 춤을 추며 작지만 꾸준하게 누석 데미지를 입혔다.

이에 질세라 메이지 둘이 정신 계열 마법과 범위 마법으로 추가적인 데미지를 입혔다.

"워리어를 뒤로 물리세요!"

작전이 핑— 하고 머릿속에 섬광처럼 떠올랐다. 맨 앞에 다리가 부러져 주저앉은 거미인간을 아직 산 채로 놔두어야 한다!

네크로맨서가 즉시 워리어를 물려 벽면에 세웠다. 워리어는 화가 나는지 딱딱거리며 사납게 이빨을 떨어댔다.

언데드 주제에 성격 사납네.

진로가 막히자 동료를 타넘어 나오려는 거미인간이 나타났다.

타넘는 그 순간이 오히려 딱 좋은 높이.

남아 있는 단위 스킬로 다리 부위를 노리고 휘둘렀다.

뿌—억—!

"캬~! 타격음 예술."

막 타넘는 순간에 그대로 두 다리가 부러지며 앞으로 엎어졌다. 거미 특유의 육중한 둥근 배를 드러내 보이며 버둥거렸다.

척 보아도 연약해 보이는 부위.

"으합!!"

퍽퍽퍽!

배에다 집중적인 연타를 먹였다. 평균 이하의 데미지가 들어갔지만 거미는 배가 출렁이자 고통스럽게 버둥거리며 제대로 서지 못했다.

그런 식으로 타고 넘어오는 족족 다리를 분질러 층층이 엄폐물로 쌓았다. 4마리가 암도를 막아버리자 그 뒤로는 파티원들이 최대 에너지로 스킬들을 쏠 수 있었다.

방어가 필요없으니 공격에 전념할 수가 있다. 마법사로서는 최고의 환경.

"아이스 애로우!"

"인서니티!"

끼야아아아아—

꺅, 꺅, 꺅.

"쿵쿵 떡, 쿵쿵 떡, 잘 빻는다."

완전 절구통에 몸을 넣고 빻는 분위기.

게다가 파티 중 매드 메이지가 발휘한 정신계 마법은 이들과 상극이었다. 정신을 차릴 만하면 다시금 정신 마법이 작열했으니 등 뒤에 있는 투창을 던져 보지도 못한 채 헤롱댔다.

"나이스~"

직접적인 데미지는 없어도 효과는 발군이다.

유료 던전에 대한 정보를 수집할 필요성이 절실히 느껴지는 대목이다.

약점만 알면 대박이다!

그래도 레벨 치이 때문에 아무래도 데미지가 약했나. 파티원들의 MP바가 바닥을 몇 번을 쳐서야 암도가 정리되었다.

전투 후기는,

"짭짤하네."

"상당한데?"

"지오, 널 순간 전술의 귀재라 부르겠다."

"잔머리의 귀재란 뜻이지."

"웬만하면 임기응변이라고 해줘요."

흥분이 아직 가라앉지 않아서인지 말이 많아졌다.

16마리를 해치우면서 경험치도 쏠쏠했지만 인벤토리에 들어오는 아이템들이 듣도 보도 못한 것들로 수북했다.

뭐, 대단한 옵션이 붙은 아이템은 아닌 잡템들이지만 던전에서 나온 물건은 NPC들이 높은 값에 매입하니 아이템 자체가 바로 골드였다.

중요한 것은 유저들 사이에서 고가에 거래되는 운석의 파편이나 달의 파편 등 제련석이 심심치 않게 들어온다는 것.

이 정도쯤이야 하는 오만함이 고개를 치켜들었다. 오직 달콤한 이 작은 성과에 기분이 업되었을 뿐이다.

*　　　*　　　*

거미인간 문지기 무리를 소탕한 후 뒤로 이동하니 장방형의 공동에 도착할 수 있었다.

이곳에서는 스파이더 소드맨과 스피어맨, 그리고 아처가 대형을 이루고 우리를 기다리고 있었다.

그 수는 무려 32마리!

"헉스! 진형을 짜고 있잖아."

"나가지 마!"

큰곰이의 외침에 즉시 뒤로 물러났다. 우리의 살길은 다굴인데, 거꾸로 다굴을 당해서는 답이 안 나온다.

"괜찮아. 똑같은 요령으로 하면 돼."

그게 말처럼 쉽냐? 그래도 까라면 깐다.

작전은 같다. 나와 스켈레톤 워리어들이 앞으로 뛰쳐나가 싸운 뒤 좁은 암도로 후퇴하는 것이다.

요령은 간단하지만 역시 적의 수가 많으니 과정이 만만치 않았다.

끼리리릭—

거미인간들은 지능이 전투적 본능에 충실하도록 설정된 몬스터답게 유인에 제깍 걸려들어 좁은 암도로 꾸역꾸역 밀려들었다. 문제는 아처, 저놈들은 움직이지 않아도 공격이 된다.

크와와악—!

퓨퓨—퍽!!

화살이 아낌없이 투사되어 아머에 작열했다.

피통이 10초 만에 반 동강이 났다. 대부분 스파이더 아처의 화살이 만든 치명상이었다.

"내 이래서 원거리 몬스터가 싫다니까!!"

솜씨가 높아 맞았다 하면 크리티컬이니… 근접 캐릭은 괴롭다.

유인이 아닌 피가 딸려서 후퇴, 퇴각.

"몹 가요!"

신이 난 스파이더 소드맨들이 우르르 몰려들어 스파이더 아처들의 시야를 차단했다. 화살이 안 날아온다.

"좋구나! 수고."

암도는 우리들의 보금자리.

좀 전처럼 바리케이드가 자동으로 완성되었다.

흐미, 아프고 아슬아슬했다.

무려 생명치가 8퍼센트 남긴 상태로 줄어들었고 스켈레톤 워리어 한 마리는 역소환되어 뼈 무더기로 화했다. 집중사에 엄청난 데미지를 입은 것이다. 그래도 그놈에게 화력이 분산되지 않았다면 내가 죽었을 것이다.

"땡큐, 워리어. 너의 희생을 헛되이 하지 않으마. 조져요!"

"아이스 스톰!"

"포이즌 본!"

마법이 좋은 점은 바로 웬만큼 막혀 있어도 안쪽을 공격할 수 있다는 것. 직선거리에 방해물이 있으면 곤란한 화살과는 다르다.

순식간에 다중 범위 마법이 통로에 끼다시피 몰려든 스파이더들에게 집중되었다.

쿠쿠쿠쿵─!

끼이이이이─!!

"잘 탄다. 아니, 잘 뽀개진다."

"화끈한데?"

"분위기 좋네요."

암도에 몰려 얽혀 버린 스파이더 소드맨들은 파티원들에게 만만치 않은 경험치를 선사하고 산화했다.

그다음은? 아처들.

씨익.

몸빵이나 방어막 없는 장거리는 서럽다. 암, 안 그러면 다 장거리 하지 누가 몸빵하나?

"정리하고 올게요."

"워리어들 데리고 가."

"예. 다른 캐릭은 나오지 마요. 혹시 빗나간 화살에라도 맞으면 괜히 피 닳으니까."

"그래라."

나와 워리어는 돌진했다. 다 죽어쓰!

끼이이이익─!

"애원해도 소용없다."

바바바바박!

꾸이이이이─!

공동에서 대기하고 있던 스파이더 아처들은 파티에 비해 고렙임에도 작은 피통과 엄호해 줄 소드맨과 스피어맨의 전멸 때문에 차례대로 나의 둔기에 죽어나갔다.

잠시 후,

"휴, 겨우 끝났네."

"잘못했으면 큰일 날 뻔했어요."

"괜찮아, 결과가 좋으면 만사 올 라잇."

"그런데 시간은?"

정신없이 싸우느라 시간 가는 줄도 몰랐네.

큰곰이가 얼른 시간을 체크했다. 역시 레벨 42짜리 스파이더 몹 시리즈들을 처치하는 데 걸린 시간은 만만치 않았다.

그래도 모두 처치하자 파티 전원이 레벨업을 할 수 있었다.

"좀 쉬자."

"그래요."

잠깐 숨을 돌리는 사이 큰곰이의 표정을 보니 심상치 않았다.

유료 던전을 의식적으로 피했는데 막상 해보니 들인 시간에 비하면 레벨업 속도가 장난이 아닌 게 증명되어서이리라.

직업을 준다는 퀘스트만 아니면 몬스터 소탕 퀘스트를 피할 필요가 없는 것이다. 이렇게 약점이 쉬이 드러나는 유료 던전만 이어진다면 보름 안에 60레벨을 찍는 것은 아무 일도 아닐 것이다.

문제는 투자 비용 대비 수입 규모의 비교인가? 이후 판단은 두 곰들의 소관이기에 나는 인벤토리에 쌓인 잡템들을 정리했다.

빈 여유 공간을 만들어놓으며 숨을 골랐다.

*　　　　*　　　　*

던전의 마지막 섹터에 도착했다.

"저건 뭡니까?"

"스파이더 나이트."

크다! 이때까지 접한 거미인간들에 비해 몸집이 2, 3배나 되는 놈들. 스파이더 몹 시리즈 중에 상위에 위치한 몬스터라고 정보가 떴다.

## Monster Status

**스파이더 나이트.**

레벨:48

공격력:690   생명력:8,990

마도시대 매드 메이지가 만든 인공 생명체.

제법 이성적이고 지휘 능력이 뛰어나다.

수많은 모험가들이 이들에게 죽임을 당해야 했다.

사체를 모으는 고약한 취미를 가지고 있다.

흥분 시,

공격력:890   생명력:9,990

으로 변한다.

함부로 정신 공격을 퍼붓지 마라!

길들이기 불가능.

그 수는 8마리, 거기에 뒤쪽으로는 스파이더 아처 18마리를 병풍처럼 깔아놓고 있다.

"시체 봐라. 대단한데?"

그들이 자리 잡은 공동 안에는 여행자들의 시체가 상당수 널려 있었다. 여기서 실패하고 전멸한 사람이 많은 것인가?

아참, 아니다. 던전 디자인 자체가 이런 거였다.

사체들은 하나같이 피가 말라붙은 미이라 형태로 곳곳에 방치되어 있었다.

이 여행자들의 유품을 거두어 유족들에게 전해주어야 하는 거다. 하나 퀘스트 클리어 조건에 신경 쓸 여유는 없었다.

"땡겨오삼."

대빵인 큰곰이의 오더다.

"워리어 한 마리만 붙여줘요."

혼자 맞기 싫다구요.

"그냥 가지? 버틸 것 같은데."

"아처 아파요. 그리고 저 나이트, 칼질이 살벌할 것 같아요."

"음, 하기야 덩치가 있으니… 알았다."

눈물난다. 내 옆에 선 해골만이 나와 생사를 같이할 전우라니.

"갑니다!"

내 악에 바친 목소리에 해골이 반응했다. 믿음직스럽다. 우리는 어깨를 나란히 하고 적의 진형을 향해 뛰어들었다.

푸슈슈슈슝—

"인정사정없구나!"

일차 사격 이후 이어지는 나이트들의 차지! 나는 바로 뒤로 돌아 뛰었다.

카카카캉!

"으아아악!"

데미지 봐라. 나 죽는다!

답이 안 나왔다. 순간, 살아야겠다는 일념으로 앞으로 헤드 슬라이딩을 했다. 덩치가 나보다 두 배는 큰 스파이더 나이트들의 공격 사각은 바로 저지대일 것이기에.

간당간당한 피통을 남기고 겨우 통로로 진입, 바닥에 몸을 굴려 일어서며 바로 물약을 빨았다.

"됐어요! 마법 준비해요!"

이제는 나이트의 몸으로 바리케이드를 칠 순서다. 죽여주지!

그런데 큰곰이와 작은곰이의 얼굴 표정이 이상했다.

"안 온다. 긴장 풀어라."

"어억!"

뒤를 돌아보니 과연 나이트 스파이더는 제자리로 돌아간 상태다. 애꿎은 내 전우의 뼛조각만 바닥에 널브러져 있다. 묵념. 너의 희생은… 헛된 거다.

"생각할 줄 아는 놈들이다. 유인이 안 되나 봐."

"……"

어쩌라고? 미치겠네.

스파이더 나이트, 까다로운 존재. 암도로 끌어들이려는 유인 작전에는 걸려들지 않았다.

일단 제대로 된 지휘를 받는 아처들의 일점사 자체가 위협적이었다. 공격력 업 효과도 있는 건가?

게다가 나이트가 휘두르는 검격에서 뎀쥐가 500BP나 들어왔다. 사람 잡는다, 잡아!

그렇게 기사(騎士)는 기사다웠다.

"다른 방법은?"

"없지, 넌?"

"혹시 모르니 다시 한 번 시도해 보죠."

"그래. 일단 해봐라."

"워리어 한 마리."

"그냥 가면 안 될까?"

"……"

찌릿, 나 죽으라고?

내 눈빛을 본 두 곰이는 두말없이 해골 하나를 내주었다. 그러나 역시나는 역시나였다.

암도로 3번째 후퇴를 하고 난 뒤에야 사태의 심각성을 깨닫고 머리를 맞댈 수밖에 없었다.

역시 돈 냈다고 쉬우면 게임이 아니다.

"던전 클리어 제한 시간까지는?"

"30분 정도."

"아슬아슬한데……."

그냥 근처에 널브러진 여행가의 사체에서 아무 물건이나 챙겨서 아웃해 버려? 그러나 소탕을 완료하지 않으면 아웃 불가!

죽기 싫으면 시간 동안 버텨서 던전에서 물러나는 수밖에 없다.

"어쩌죠?"

"문제는 나이트들이야. 매드 메이지가 다가가서 정신 마법을 날려야 하는데 나이트들이 용케 그걸 견제한단 말야."

"공동을 불로 확 질러 버리는 방법은 없어요?"

"고렙이 되어야 가능해. 거미인간들과 레벨 차이가 이만저만해야지."

뭐야? 자기가 우겨서 들이와 놓고는…….

"에혀, 어쩌죠.? 여기서 그만 포기해요?"

"소기의 목적인 1업은 이루었지만 유료 결제를 만회할 정도로 아이템을 모은 건 아니거든."

우와, 그사이에 주판을 다 놓았단 뜻?

아, 정말. 저 본전에 대한 집념 봐라! 그 집념으로 저놈들을 어떻게 유인해 보던지.

"……."

"……."

뾰족한 수 없이 시간만 흘렀다.

그그그그긍—

갑자기 우리가 들어온 암도 끝에서 무언가 질량감있게 끌리는 소리가 났다. 왜 이리 섬짓하지.

"뭐지?"

별 할 일 없이 경험치만 받아먹는 테이머 캐릭이 사태를 파악하러 암도 끝까지 다녀왔다.

"니밀, 어쩐지 여행가들의 사체가 공동에 쌓여 있더라니… 큰일 났다."

"예?"

"암도 끝에서 석벽이 밀려 나오고 있는 중이다."

"무슨 소리야?"

"그러니까, 다 쓴 치약 짜듯이 우리를 저 공동 밖으로 밀어 내려 한다, 이 말이야."

"헉—!!"

비유를 해도 고상한 비유를 할 것이지, 다 쓴 치약이라니.

시간만 때우고 있다간 파티 전원이 공동 밖으로 밀려나 떼죽임을 당할 것이라는 뜻.

절망적이다. 우리 여기 왜 들어온 거지?

"아!"

두 형제가 해결책을 내지 못하고 전전긍긍하는 사이, 내 머리를 스치고 지나가는 아이디어가 있었다.

"그럼 이렇게 해보면 어떨까요?"

"응? 무슨 아이디어 있어?"

"저놈들 약점이 길다란 다리잖아요?"

"그렇지."

"제 스텟치에서 DEX값에 투자하면 '진창 구르기'라는 회피 스킬을 배울 수 있어요."

"지, 진창 구르기?"

"예, 그 스킬로 스파이더 나이트든 아처든 파고들어 다리만 집중적으로 공격해 볼게요. 대형을 흩뜨려 보고 그래도 안 되면 포기하고요."

"그러다 네가 죽으면 파티 전원이 죽는 거고, 그냥 기다려도 죽음… 수가 없군. 그렇게라도 흔들어봐야지."

"그리고 이 스킬은 대장장이기 우정의 증표로 준 스킬로, 히든 클래스와는 상관없어요."

"흠, 그 때문에 DEX치에 투자를 해야 한다?"

"예."

큰곰이가 고민에 들자 답은 작은곰이가 결단을 내렸다.

"뭐, 지금까지 CON치는 충분히 올렸으니까 한번 해보자고. 그건 그렇고, 공부 좀 했구나?"

원거리 투사 몹들에게 토 나오도록 시달리는 게 나다. 당신들이 아니라고.

내가 무슨 생각히고 있는지 뻔한 것 아냐!

말은 곱게,

"요즘 꿈에도 플레이하는 꿈을 꾼다니까요."

"사람 하나 버려놨네."

"하루에 절반을 플레이하는데 질리지 않으면 중독되는 거죠."

다 그렇게 겜폐(게임 폐인)가 양산되는 거지. 근데 왜 그렇게 기쁜 표정을 짓는 거냐? 물귀신의 심정인 거야?

"좋아, 그 방법으로 가자고. 우리는 정령들로 주의를 흔드는 데까지 흔들어볼게."

"옙!"

선택의 여지가 없는 거다.

다 쓴 치약처럼 떠밀리기 전에 해보는 데까지 해야지.

스텟창을 열고 DEX치를 3만큼 올렸다.

아이템이 주는 DEX치와 합쳐져 '진창 구르기'를 배울 수 있는 최소 스텟치인 30포인트를 맞출 수 있었다.

배낭 속에서 클룸이 건네준 스킬 북을 찾아 스킬을 등록시키고 화면 스킬창에 활성화시켰다.

---

**작은 인연의 선물.**

전투 스킬 '진창 구르기'를 배우셨습니다.

비굴한 회피 기술, 하나 효과는 훌륭합니다.

최초 스킬 등록 시 3초간 타깃팅에서 제외됩니다.

말투하고는… 여하튼, 비굴해도 좋다.

3초면 충분하잖은가.

게다가 스킬 딜 타임이 아주 짧은 스킬인지라 3초간 회피하고 8초 뒤에나 다시 재발동할 수 있다.

장점이 많은 스킬임에는 분명했다.

고마워요, 대장장이 할배—!

*            *            *

샤라라라랑—

모든 깃을 건 마지막 시도. 엄호노 확실하게 받았다.

온갖 하급 정령들이 모두 쏟아져 나와 공동을 가득 채우고 눈이 어지럽도록 맴돌았다.

스파이던맨들의 눈이 천장을 향해 있는 사이 나는 스파이더 나이트를 향해 돌진해 들어갔다.

"이야아아아압!"

거리를 가늠하고 일부러 기합을 크게 질렀다. 날 좀 보소.

그러나 이놈의 나이트는 정말 머리가 좋다. 내 목표가 스파이더 아처임을 눈치 챘는지 즉시 아처들의 앞을 가로막는 대형을 이루고 섰다.

단지 그중 한 마리가 가소로운 표정을 지으며 홀로 마중 나왔다. 이제는 거미의 표정에서 감정도 읽히네.

육중한 배 부위에 호랑이 줄무늬를 한, 좀 특이한 스파이더 나이트였다. 문제는,

"크크크, 하찮은 벌레들아! 벌레답게 숨어서 나올 생각을 못하는구나. 일대일의 결투는 기대도 않는다. 자, 떼로 덤비거라!!"

"저, 저놈이!"

말도 하네. 그런데 지금 결투 신청한 거냐?

실실 쪼개는 게, 참 기분 드럽게 만드는 웃음도 웃음이지만 지저분한 말버릇.

저놈들은 유저의 레벨을 알아보는 눈이라도 달린 게 분명했다. 그래, 실컷 조롱해 봐라.

"으랏차차차—!"

점프 스킬로 마중 나온 재수없는 스파이더 나이트를 뛰어넘으려 했다.

그러나,

투—헉!

스파이더 나이트가 휘두른 검면에 튕겨 처음 자리로 덱데굴 굴러 밀려나고 말았다. 검날도 아닌 검면으로…….

"뭐 이런!!"

얼굴이 후끈 달아올랐다. 내, 내가 파리냐?!

망할 놈의 스파이더 나이트가 만족한 미소에 가소로운 미소를 이중으로 지어 보이며 손가락을 좌우로 까닥까닥 흔들었다.

재수없게, 무슨 이따위 몬스터 인공지능이 있다더냐ㅡ!

'혹시 간간이 등장한다는 운영자가 개입한 몬스터?

빡.돌.았.다.

불끈, 이마에 힘줄이 돋으며 간만에 오기가 발동했다.

근데 저놈들을 넘지 못하면 새로 배운 스킬도 의미없다.

그때 넘어진 옆에 미이라로 변한 모험가의 사체가 들어왔고, 그 옆에 놓인 둥근 방패가 눈에 들어왔다.

녹이 잔뜩 슨 '라운드 쉴드'였다.

위가 안 되면 아래!

손가락 끝이 분주해졌다.

느려 터진 이동 속도 때문에 어쩔 수 없이 배워둔 스킬이 있다.

순간적으로 CON치를 DEX치로 전환하는…….

"스텟 체인지ㅡ!"

슈와아아아ㅡ

순간 4,200에 달하던 길쭉한 피통 바가 1,200대로 내려앉았다. 그러나 100미터를 3.5초에 주파할 수 있을 것 같은 가벼움이 손가락 끝에 전해졌다. 30초간 '쌕쌕이'가 된 것이다.

주워 둔 둥근 방패를 가슴에 붙이고 여전히 조롱 만발인 스파이더 나이트 무리에게로 돌진했다.

"멈춰!"

"저 친구가, 안 돼!!"

등 뒤에서 변화를 눈치 챈 두 곰탱이의 외침이 들려왔지만 이미 싸움권역에 든 뒤다. 내가 죽으면 의뢰인들의 캐릭들이 줄줄이 몰살될 것이라는 생각은 전혀 하지 않았다.

어차피 다 쓴 치약처럼 밀려 나오면 그게 그거 아냐?

오로지 돌격!

"으다다다닷―!"

문제의 스파이더 나이트는 여전히 가소로운 표정을 지으며 기형검을 창 겨누듯이 달려오는 나에게 향했다. 그따위 육탄 돌격은 방패째로 꿰어버리겠다는 의지가 다분히 전해지는 거만한 동작.

하나, 아까도 말했지만 위가 안 되면 아래라 했다.

방패를 배에 밀착시키곤 바닥을 향해 몸을 던졌다. 파도를 가르는 서퍼와 같이.

드르르르륵―

스피드의 탄력을 있는 대로 받은 방패 면이 석판 바닥에 끌리며 마찰 부위에서 샛노란 불꽃이 튀어 올랐다.

그래, 나 잔머리 대왕 맞다. 이 전투 끝나고 살아 있으면 인정해 주지.

효과는 기대 이상이었다. 순식간에 스파이더 나이트들의

배 아래를 지나쳤다. 데미지를 입지 않고 이중 대형을 이룬 아처들 틈으로 안전하게 파고들 수 있었다.

스파이더 나이트들은 믿기지 않는 표정으로 고개를 돌렸지만, 그때는 이미 스파이더 아처들 틈에서 몸을 일으키고 있었다.

"우샤!"

죽었어!!

갑작스런 등장에 아처들이 움찔하며 주춤거렸다.

키잇―!

근접 무기가 없는 아처들로서는 나를 상대할 뾰족한 방법이 없기에 대열을 흩뜨리며 물러나려 했다. 그 가운데로 몸을 날려 크러셔 해머를 사정없이 휘둘렀다. 스킬은 발동하지 않았다.

하지만 순간적으로 높아진 DEX 수치로 타격점에서 줄줄이 크리가 팡팡! 하며 터졌다. 이래서 DEX를 찍어야 한다니까.

퍽퍽―! 퍽!!

꾸억―!

아처들의 관절 부위가 꺾이자 신체 균형이 무너지며 한쪽으로 쓰러졌다. 이에 창졸간에 등 뒤로 밀려난 스파이더 나이트들이 분노의 기성을 터뜨리며 달려왔다.

크와아아―!

나의 난동을 저지하기 위해 다른 나이드들이 빠르게 접근해 2미터에 육박하는 기형검을 마구 찔러왔다.

여덟 마리나 되는 스파이더 나이트가 검을 집중적으로 휘둘러 오는데, 대폭 줄어든 피통 상태인지라 단 한 대라도 맞으면 바로 사망!

검끝이 뒷꼭지에 바싹 닿는 게 느껴졌다.

이때다!

"진창 구르기!"

도르르르, 마치 얼음을 지치다 맥풀린 팽이처럼 바닥을 사정없이 공동 바닥을 뒹굴었다. 급격히 높아진 DEX치 때문에 벌 떼에 쫓겨 발광하는 당나귀가 이런 모습이지 싶다.

스파이더 나이트들의 사나운 검끝에서 벗어났다. 동시에 스파이더 아처들의 다리 틈 사이로 파고든 것은 두말할 나위도 없다.

빠바바바박—!

땅바닥을 뒹구는 그 상태에서 스파이더 아처들의 다리를 노리고 둔기를 휘둘렀다. 실상에서 그렇게 하라면 절대 불가능한 복합 동작이지만, 가상이니까 가능한 그림.

가상에선 너도 액션 스타 할아버지가 될 수 있다.

"잘한다! 계속 돌아!"

멀리서 들려오는 두 곰이의 응원 소리. 팬들의 성원에 호응해야지.

뿌—빠바바박!

다리가 부러진 아처들이 휘청휘청이며 무너졌다.

3초간 무려 다섯이나 되는 스파이더 아처의 무릎 관절을 분질렀다. 그리곤 벌떡 일어나 아처들 사이에서 범위 스킬을 발동, 있는 힘껏 둔기를 휘둘렀다.

휘이이이— 뿌악!

정면에 있는 아처의 가슴에 크리가 작렬하더니 적중당한 아처는 공중에 떠서 튕겨 나가 벌렁 배를 보이고 널브러졌다.

'음, 내가 이렇게 강했던가?'

감상할 여유는 없다.

이 모습에 머리꼭대기까지 화가 난 스파이더 나이트들이 난리를 피워댔다. 뒤통수까지 검이 다가온 순간 사정없이 땅바닥에 다시금 엎드렸다.

게임은 뽀대가 아니다.

그렇다.

바로 이 순간만큼은 생존이다!

당당히 허리 펴고 싸워 몹에게 죽는다고 누가 알아줄 것인가? '병신' 소리 듣지 않으면 양호한 거다.

스파이더맨들은 다리가 경중하게 긴 편이라 그들 다리 밑에 들어가 버리자 어찌할 바를 몰라 했다. 이거, 제법 안전하다.

둔기로 나이트의 다리를 공격했다.

"이얏—!"

휘익―

"오, 확실히 나이트는 나이트답네."

공격받은 다리를 경중 들어 올리며 가볍게 회피하는 게 아니던가.

이크크, 감탄할 때가 아니었다. 건드리지를 말자.

스파이더 나이트들은 배 밑에서 알짱거리자 다리를 경중경중 들어 지근지근 밟으려 들었다.

꽉꽉―팟!

송곳 끝 같은 거미 다리가 맨땅에 부딪치며 잔돌이 튀어 올랐다. 스쳐도 데미지가 들어왔다. 빌어먹을 레벨 차.

그때부터 구토가 일 정도로 땅바닥에 구르는 방법밖에 없었다. 나이트를 상대로 몸을 일으켜 기술을 건다는 생각은 말아야했다. 토해도 좋다. 살아야 한다.

쿡쿡.

다 피할 수가 없었다. 기본적으로 저들은 다리가 8개 아닌가? 꾸준히 다리에 밟혀서 데미지가 푹푹 들어왔다. 내 이동 방향을 미리 예측하는 듯 점점 위협적으로 밟는다. 대단한 학습 능력이었다.

무기에 적중당한 데미지가 아니기에 천만다행으로 포션을 복용하며 견뎠다.

구르고, 밟히고, 또 구르고, 드디어 지겨운 8초가 지났다. 8초가 이렇게 긴 줄 미처 몰랐다. 시간 됐다!

"진창 구르기!"

다시 회피 스킬인 진창 구르기를 시전해 나이트들을 피했다. 그리고 혼란에서 진정된 아처들 틈 속으로 다시금 파고들었다.

흐익― 하는 아처들이 지르는 기함이 즐겁게 반겨주었다.

구른 상태에서 둔기를 휘둘러 아처들의 다리 분지르기를 계속했다.

"정령들이여, 춤을!"

작은곰이의 외침 소리와 함께 정령체들이 아처들의 눈을 어지럽혀 주었다.

시간이 너무 빨리 간다. 그래도 3초간 아처들에게 피해를 줄 수 있을 만큼 최대한 피해를 입혀야 했다.

아처들도 발악을 해서 화살을 마구잡이로 발사했다. 그런다고 누가 맞나?

얼씨구? 빗나간 화살이 같은 편 나이트들을 적중시키기까지.

쿠워어어어―!

화가 난 나이트들이 아처들 속으로 난입해 거대한 검을 마구 휘두르기 시작했다.

"조심해! 나이트 놈들, 눈이 뒤집혔다!"

스아아앙―

기형검이 공간을 가르는 파공음이 심상치 않았다.

뿌억!

"으헉!"

게임이지만 절로 입에서 신음이 튀어나왔다. 게임을 시작하고 처음으로 데미지 1,000짜리가 들어왔다.

1,000!!

이거 장난이 아니다.

자기 편 아처를 반쪽으로 가르고 파고들어 입힌 데미지가 이 정도라니…….

포션! 포션!! 포션!!

"뭐, 이런 무식한 것들을 보았나! 늬들은 자기 편도 몰라보냐!"

그런 듯했다. 이들의 인공지능은 화가 나면 보이는 게 없게 만들어진 게 분명했다.

그렇게 냉정이 사라진 나이트들이 흥분해 난동을 피워대니 아처들의 동요는 더욱 커졌다.

이때부터는 나 때문이 아닌 미쳐 날뛰는 나이트들을 피해 이리저리 대열을 이탈했고, 난 이탈한 아처들의 배 밑으로만 도망다니면 되었다.

높아진 동화율로 머리가 어질했다. 그래도 이제는 할 만하다.

끝장을 보자!

機甲戰記
Massacre
기갑전기 매서커

장방형의 공동우 난장판으로 번했다.

뿔뿔이 흩어진 아처들은 손쉬운 목표로 전락했고, 파티원들이 원거리에서 발하는 마법 등의 집중 공격을 받아 하나둘 차례로 죽어나갔다.

흥분한 나이트들은 좀체 냉정해지지 못했다.

자기 편인 아처들을 길다란 발로 걷어차 벽으로 멀리 보내질 않나, 기형검으로 두 동강을 내지 않나. 난동, 난동, 이런 난동이 없었다.

"허, 허걱!"

피가 꼴랑 300밖에 남지 않은 상내까지 몰려 있었다니. 포선을 먹으려니 포션 딜 타임에 걸린 상태.

3초를 견뎌내야 한다.

"침착, 침착, 또 침착하게."

푸웃—

눈앞에 새파란 금속이 튀어나왔다.

나이트의 기형검이 아처의 배를 뚫고 목 부위까지 다가들었다.

"집요한 놈들~"

한 치만 더 파고들면 죽음!

그때 딜 타임이 끝나는 스킬이 있었다. 주저없이 스킬을 발동했다.

"진창 구르기!"

떼구르르—

타캉!

목을 겨냥하던 나이트의 검이 땅바닥에 박히며 불꽃이 튀었다.

앗뜨뜨!

간신히 회피 스킬로 이탈할 수 있었다. 이게 오늘 내 목숨을 여러 번 구하는구나. 대장장이 아저씨, 고마워요. 나중에 고물이라도 좀 주워다 드릴게요.

구르는 내내 정신없이 포션 뚜껑을 열려고 했다.

"빨리, 빨리, 빨리! 열리란 말이다!"

헉헉, 먹었다.

휴, 이제 또 한 칼 정도는 견디겠구나.

레벨 차이에서 오는 데미지는 이처럼 무시무시했다. 아니, 무지막지했다.

이제부터는 분수에 맞는 던전에 입장하리라!

이렇게 고군분투하는 사이 대부분의 아처들이 다리 병신이 되거나 나이트들에게 두 쪽으로 갈려 죽임을 당했다.

그르르르―

마지막 아처가 쓰러졌다.

파티원들이 원거리에서 혼란에 빠진 아처들을 차례차례 사냥해 이제야 전멸시킨 것이다.

순간 스파이더 나이트들의 움직임이 약속이라도 한 듯이 멈추었다.

당황한 표정이다. 하기야 황당하기도 하겠지.

스파이더 아처들의 전멸을 확인. 그제야 스파이더 나이트들이 미친 듯이 파티원들을 향해 달려들었다.

"병신들, 이제야 알아채다니."

쿠워어어―!!

유인에 걸리지 않던 좁은 통로로 서로 몸싸움을 하며 추격해 들어가려 하는데 그 기세가 심상치 않았다.

"헛, 여유 부릴 때가 아니지."

추격하는 나이트들을 스켈레톤 워리어가 막아섰지만 금세

무너질 터, 의뢰인들의 캐릭들은 나이트가 휘두르는 한 칼이면 바로 죽음이다.

"야! 빨랑 합류해!!"

다급한 큰곰이의 독촉이 있었다.

가요, 간다고요!

"이얏!!"

먼저 등을 보인 나이트의 등짝을 등 뒤까지 넘긴 해머로 사정없이 찍었다.

휘이이잉, 푸억!

그렇게 나의 존재를 다시금 알렸다.

꺄오ㅡ!

바로 뒤를 돌아보았지만 나는 이미 없다. 다시 나이트들 배 아래로 파고들어 둔기를 풍차 돌리듯이 휘둘렀다. 처음부터 끝까지 우리는 다리만 뽀갠다. 승리의 비결.

빠박, 꽉!

좁은 곳이라 어느 누가 맞아도 맞았다.

그러자 큰 덩치 8마리의 길다란 다리가 교차하며 엉기기 시작했다. 덩치 큰 게 죄다.

배 아래 있는 나를 짓이겨 죽이려고 방방 뛰다 보니 서로 다리가 엉겨 버린 것이다. 그리고 그렇게 엉긴 다리는 좀체 풀리지 않았다.

"다리가 많으니까 좋냐? 좋지?"

넘어지고, 벽에 기울어지고, 자세만 엉망이 되었다. 서로 엉기며 알아서들 앞으로 절대 전진할 수 없는 '덩어리'가 되어주었다. 뭉텅이로 모여 있으니 딱 그림이 나왔다.

그 위로 떨어지는 정신 마법 일발!

"컨퓨즈!"

스으으으읏—

동작이 둔해지고 흐느적거리기 시작했다. 그사이 가차없이 놈들의 관절을 찍어 부숴 버렸다.

빠각, 빡, 퍼퍽!

나이트들은 특유의 기동성을 발휘할 수 없게 되었다.

이제 얼마 안 가 암도는 스파이더 나이트들의 무덤으로 화할 것이 분명하다.

승리를 확신하고 여유가 생기니 불현듯 떠오르는 게 있었다.

나를 비웃던 스파이더 나이트를 제일 먼저 찾았다.

배 부위에 호랑이 문양이 들어 있는 놈이라 금세 찾을 수 있었다.

"너!"

내가 크게 외치자 그놈은 반사적으로 나를 보았다.

이놈! 딱 걸렸어!!

그놈은 제일 먼저 정신 마법에서 깨어나는 중이었다.

꼴에 나이트 치프라 이거지?

다리가 부러져 모로 기울어진 상태로 검을 지팡이 삼아 사세를 바로잡으려 했다.

"흥, 그냥 일어나면 섭섭하지."

게임은 게임일 뿐이라지만 감정이 안 생길래야 안 생길 수가 없는 놈이다. 몰입도 최고조에 달한 상태.

팅강—!

해머로 놈의 검을 쳐서 멀찍히 날려 버렸다. 스파이더 나이트 치프의 얼굴이 보기 좋게 어그러졌다.

"그 표정 좋은데."

그 잘난 면상에 스킬을 걸어 타격했다. 초점은 바로 코다!

휘이이잉— 투학—!

제대로 박혔네.

크리가 작열하며 나이트의 머리가 등 뒤로 꺾였다.

이어 다른 나이트들의 등과 배를 디뎌 옮겨다니며 확인 사살을 했다.

이건 이미 도살이다. 이들을 헤쳐 나오면서 이리 채이고 저리 채여 생명력 수치가 간당간당한 상태에 몰린 것도 잊은 채둔기를 휘둘렀다.

뿌억, 빠악—!

지금까지 땅바닥을 구른 것은 이 세상에서 제일 아름다운 이 소리를 듣기 위해서라네.

마지막 남은 나이트의 눈에 절망의 그림자가 깊이 드리워진 채 다가서는 나를 바라보는 게 잡혔다.

레벨 차이에서 오는 조마조마함은 이미 털어버렸다.

오직 기세만 있을 따름.

손잡이 끝을 잡고 크게 휘둘렀다.

쉬아아앙, 퍽ー!

순간, 짜란ー 하는 친숙한 효과음이 귓가에 울렸다.

레벨업을 했습니다.

텅 빈 생명력과 정신력이 풀로 가득 채워졌다.

"끄, 끝난 건가?"

"……."

암도는 침묵에 들었다.

암도를 밀고 내려오는 석벽도 전진을 멈추었다.

던전을 진정으로 클리어한 것이다.

흥분이 가라앉으며 게임 중에는 느끼지 못했던 극도의 피로감이 노곤하게 밀려들었다.

이런 감정 기복은 오랜만이었기에.

게임의 대상에게 개인적인 감정을 드러낸 게 우스웠지만 그 스파이더 나이트 치프가 짓는 비웃음은 그 누군가를 연상시켰기에… 순간적으로 위기에 몰리며 폭발했다.

'네, 주제에 별수 있냐?' 라는 딱 그런 비웃음.

엄연히 죗값을 치르고 있는 놈한테 아지도 앙금이 남아 있다니, 참 사람의 감정이라는 게 간사했다.

두 곰이 다가와서는 그들다운 격려의 말을 했다.

"와, 이 친구, 새디스트 끼가 농후하네."

"무슨 하드코어도 아니고… 하기야, 까딱 잘못했으면 우리 모두 전멸할 뻔했어."

하드코어에 새디스트라…….

맞아, 한 2년 그렇게 살았지.

괜히 머쓱해져 바보 같은 웃음을 히죽 하고 지었다. 그리곤 자리에서 일어나 기지개를 길게 켰다.

분노에 몸을 맡기는 순간 가상 세계와의 동화율이 25퍼센트에 달했었다. 동화율이 높아지니 움직임이 유연해진 건 좋았지만 몰려오는 피로도가 장난이 아니었다.

## Quest

### 대단한 영웅들!

퀘스트 달성율 88%.

매드 메이지의 또 다른 돌연변이 연구소에 대한 단서를 찾았습니다. 음모의 중심에 더욱 가까이 다가들었습니다. 여러분들의 영웅적인 행위에 많은 모험가들이 추앙하고 있습니다.

사명감을 가지고…….

주절주절, 다음 유료 던전으로의 이행을 유혹하는 문구들이다. 그러나 누구 하나 그런 이야기에 신경 쓰지 않았다.

"피곤해 죽겠는데 더 하라고 하면 하겠냐?"

큰곰이가 주최 측의 센스 없음을 지적했다. 맞는 말이다.

다음 단계 던전을 도전할 엄두가 나지 않았다.

렙업도 분수에 맞게 렙업하는 것이다. 게임밥을 10년 이상 먹은 곰들이니 알아서들 강도 조절을 하시겠지. 아니면 이번에야말로 싹 한번 죽어보던가.

이번 유료 던전 이용이 금전적으로 이익인지 손해인지는 판단 유보, 엄연히 방해없이 렙업하기 위해 조용한 사냥터를 찾아온 것이 주목적이니까.

"근데 고생한 만큼 쏠쏠하네."

내 개인적인 셈으로는 투자한 3,800원이 금전적으로도 전혀 손해 본 것이 없어 보였다. 유료 던전은 클리어되면 시간이 용인하는 내에서 던전에 부착된 소품까지 가져갈 수 있게 설정이 잡혀 있기에.

던전 아웃 10여 분을 남겨둔 상태에서 던전에 부착된 잡템이란 잡템은 전부 떼어내 중량 초과 상태까지 쓸어담았다.

이런 소품들은 집이나 개인 상점, 길드 사무실을 꾸미는 특별한 소품으로 거래되는 것들이다.

이를 짊어지는 것, 이도 전부 내 몫이다.

끄득끄득, 얼마나 주워담았으면 캐릭의 움직임이 유압류 바닥 난 로봇의 부자연스러움을 그대로 재현했다.

이봐요! 배낭 찢어져요!! 그만!!

크, 매드 메이지를 저지하러 출정한 영웅적인 모험가들의 행보의 끝은 '던전 싹쓸이'로 끝이 났다.

시간 제한이 없었다면 던전째로 옮겨다 놓을 기세.

저 징한 본전에 대한 집념을 보라!

발작할 찰나, 때마침 던전 아웃을 알리는 카운트다운이 시작되었다.

딩— 딩— 딩—

"아—"

"에—"

하는 아쉬운 탄성이 두 형제들의 입에서 흘러나왔다.

그렇게 겨울 나라 산타클로스가 되어 마을로 복귀했다.


마을에 도착하니 나를 쳐다보는 유저들의 눈이 가관이었다.

"뭐야? 길드가 통째로 이사를 가나 보군."

"와, 그 캐릭 힘이 장사네. 이봐요, 스탯이 어떻게 돼요?"

"쯧쯧, 아직도 저런 노가다 플레이를 하는 유저가 있다니……"

말 시키지 마요, 숨 찬다고요.

아씨, 게임 처음 하는 초딩도 안 하는 만행을 저질렀으니 숨고 싶은 심정이다.

어기적어기적 걸으며 등에 짊어진 짐 속에 파묻히는 수밖에 없었다.

그렇게 마을 여관에 들어와 로그아웃 수순에 들어갔다.

> E&T는 유저들이 만들어가는 게임입니다.
> 지오님, 오늘 놀라운 활약을 보여주셨습니다. 작은 인연을 소중하게 간직하신 지오님에게 늘 행운이 함께하기를 기원합니다. 다음 접속까지 안녕히……

눈앞이 뿌옇게 변하며 감각 센스가 가득 부착된 곡면 모니터가 들어왔다.

일반 모드로 전환된 화면엔 Part 1에서 Part 2로의 이행이 임박했음을 알리는 선전 문구가 떠돌아다니고 있었다.

로그아웃하면 보게 만든 선전 문구들이다.

'마나의 시대'는 저물고 '오러의 시대'가 도래합니다.

새로운 퀘스트, 새로운 클래스, 새로운 영주성, 새로운 필드, 새로운 아이템, 새로운 스킬…….

E&T는 준비를 모두 마쳤습니다.

당신은 준비되셨나요?

준비하십시오, 대비하십시오, 그리고 즐기십시오.

모험은 계속됩니다.


어라, Part 2라… 화려한 동영상도 없이 뭐 이래?

신비주의 마케팅으로 나가시겠다?

"이러니까 낚시한다는 소리나 듣지."

여하튼 그때는 순수 유저로서 즐길 수 있었으면 좋겠는데… 적응도 되었으니 그렇게 되겠지.

생각을 접고 두 형제의 자리로 가보았다.

마을에 복귀한 두 형제는 가상 모드에서 일반 모드로 화면을 전환시켜 창고를 정리하는 중이었다.

창고 정리는 칸 채우기라 일반 PC 모드가 정리하기가 빠르다.

둘은 금 촛대, 은 촛대~ 하면서 희희낙락이었다.

"게임하면서 이렇게 들떠 보기는 간만인데."

왜 안 그랬겠어, 공인된 약탈인데.

유저들의 내면 깊숙한 곳 어두운 속내를 간질이는 개발사의 심보가 은근히 고약하다.

"그러게. 지오가 잘해줘서 그런 거지. 야, 지오, 수고했다."

아, 감사, 감사!

포션 색깔로 배합된 렙업 주스를 마시며 웃었다.

어찌 보면 '돈독'에 빠진 듯하면서도 악기없이 솔직한 사람들이라는 생각이 들었다.

다들 기분 좋을 때 솔직한 생각을 말했다.

"저, 다음에 던전 선택할 때는 레벨에 맞는 던전을 선택했으면 하는데요……."

창고를 정리하며 큰곰이가 말했다.

"음, 그건 그렇지. 이번엔 순전히 운이 좋은 거였어. 고객들에게 '데드 카운트' 먹여서는 무슨 소리를 들을지 알 수 없고. 게다가 이번 육성 조건은 한 달 동안 데드 카운트를 먹이면 안 되게 되어 있었거든. 내건 조건이 여간 까다로워야지. 정말 큰일 날 뻔했어."

"육성 조건? 데드 카운트?"

"아, 말을 안 했던가?"

뭘? 나의 궁금한 얼굴에 작은곰이가 돌아보며 설명했다.

"고객의 캐릭은 한 달간 한 번이라노 죽으면 안 돼. 그게 육성 조건 중 대전제야. 몹에게 안 죽고 렙업하면 한 달에 한 번 꼴로 보상이나 선물이 주어지거든. 몰랐어?"

어라?

"당연히 모르죠. 육성 조건이 있다는 것도 처음 듣고, 공지 어디에도 생존에 대한 보상 이야기는 없던걸요."

"음, 조건이야 우리가 관리하는 캐릭들이니 그런 거고, 보상은 처음 오픈할 때 나온 공지라 다 알고 있는 건데……."

"그런!"

나는 그 보상 대상에선 일찌감치 제외다. 그동안 어지간히 죽었어야지.

나의 불만스러운 눈치에 큰곰이가 헛기침을 섞어 설명을 해주었다.

"험험, 의뢰받은 캐릭들은 '세미 하드코어'로 설정되어 있어. '리얼 하드코어' 같이 목숨이 하나밖에 없는 것은 아니지만 한 달간 죽지 않으면 캐릭에게 주어지는 보너스가 쏠쏠하지. 너도 느꼈겠지만 지금도 다른 캐릭들이 너보다 경험치를 조금씩 더 먹고 있고 그게 고렙이 되면 그 차이가 장난이 아니야."

"에—!!"

그랬었군.

기분이 약간 상한 것은 내 캐릭에게 애정이 생겨서… 가 아니라, 맞다. 파티 플레이라는 게 그렇다.

엄밀히 말해 파티원들은 내가 몸빵해서 키우는 캐릭들임에도 묘한 경쟁심이 생기더라.

내 캐릭이 살신성인의 자세로 도우면 도울수록 나만 성장이 점점 뒤처질 수밖에 없다는 데 마음 한구석이 섭섭한 건 사실이다.

'내가 성자도 아니고……'

아르바이트 초기엔 알았다 해도 실감 못했을 때이니 소용없을 테지만 실제 전투처럼 몹에게 달려든 게 너무 오버한 것 같다는 느낌을 지울 수가 없었다.

그런 게 있었구나 하는 정도로 표정 관리에 들었다.

나 아닌 누군가는 알면서도 이 일을 했을 테니까.

작업장에서 일하는 수십만 명의 알바들이 이런 일을 하고 있을 테니 유난 떨 필요가 없는 거다.

잠시 잠깐 가상 인간이 된 착각에서 벗어났다.

'그래, 3주만 '노가다' 하는 거야.'

요즘 이렇게 단순 레벨업만 하는 게임이 어디 있나? 가상 세계를 그러라고 만든 게 아니다.

게임으로 먹고사는 것은 생각도 말자. 그 뒤에 평범한 유저로서 즐기는 거야.

낭만, 모험, 환상…….

'조금 즐겨볼까?'

안 돼, 안 돼!

대한민국 탈출 목표율이 99퍼센트나 남아 있잖은가.

Act 08
타오르다

機甲戰記
Massacre
기갑전기 매서커

오픈 필드에서 렙업 후 마무리는 간단한 유료 던전을 클리어 하는 식으로 방향을 전환하고부터 하루에 꼭 1업은 할 수 있었다. 의뢰인들의 캐릭들이 나름 순탄하게 50레벨을 넘어 대망의 60레벨을 향해 달려가고 있을 즈음 사단이 벌어졌다.

게임 안이 아니라 밖에서.


"히어~ 형님들, 안녕하셨어라~"

말끝에 여운을 길게 빼는 어투의 청년이 작업장에 입장했다.

우리는 손님의 등장에 일반 PC 모드로 빠져나와 안전한 장소로 캐릭들을 옮겼다. 이렇게 갑자기 가상 세계에서 빠져나오면 일순 멍해지고 불쾌감이 장난이 아니다.

곰들이 건성으로 방문자를 아는 체하지만 못 볼 놈 봤다는 느낌이 강했다.

"어? 네가 이곳엔 무슨 일로 왔냐?"

"헤헤, 형님들도… 저에겐 고향 같은 곳인데 무슨 말을 그렇게 서늘하게 하세요."

"그래? 고향에 불 지르고 떠난 놈이 이번에는 불 끄러 왔어?"

"헤.헤.헤. 마저 싸지르러 왔수다."

"이, 이놈이!!"

분위기 싸해졌다. 아니, 살벌해졌다가 맞다.

이 무던한 두 곰들을 필요 이상으로 긴장시킨 인물을 천천히 살폈다.

턱 하관이 길쭉한 데다 눈꼬리가 휘어져 살짝살짝 눈웃음치는 게 재수 만땅으로 없어 보이는 20대 후반의 청년이다.

'저렇게 얇게 생기기도 힘든데…….'

건들건들 가벼운 몸짓에 굵은 금목걸이, 귀걸이, 팔찌, 뭉툭한 금반지까지… 이거 완전 피부색만 짙은 갈색이면 흑인 갱스터 래퍼가 따로 없다.

보이는 그대로 양아치!

그들끼리 차갑게 눈싸움을 나누기에 난 자리를 비켜주기

위해 일어섰다.

비켜가는 나를 보고 그가 피식, 가소롭다는 듯이 비웃었다.

게임 단말기 화면 하단에 표시된 동화율 13퍼센트를 보고 짓는 비웃음이었다.

빠직.

'이런 생양아치가!'

이마에 파란 힘줄이 돋았지만 곰들이 상대하도록 내버려 두었다.

요즘 단순 노가다의 반복에 동화율은 오히려 떨어지고 있는 중이다. 이에 대해선 곰들도 별말이 없었다.

작업장 밖에서 빌딩 사이로 해가 기우는 것을 바라보며 몸을 풀었다. 기분이 좀 풀린다. 이곳에서 이 광경이 제법 괜찮다.

그때 작업장 실내에서 흥분한 큰곰이의 고성이 새어 나왔다. 이런, 버럭 성질내는 게 장난이 아니다.

"무슨 일이지?"

심상치 않았다.

이놈이, 이 자식이, 하는 큰곰이가 할 수 있는 최대한의 욕들이 흘러나왔다.

3주간 지켜보니 두 곰들은 취미가 독특해도 얌전한 신사였다. 험한 말은 애초부터 할 줄 몰랐다.

화가 나도 이 자식, 기분 좋으면 이 자식이, 그런 사람 말이다. 여우 면상 대가리가 두 곰들을 극도로 화나게 했음이 분명했다.

작은곰이가 말리는 소리가 이어졌고, 작업장에서 여우 면상의 인물이 빙글빙글 웃음을 지으며 걸어나왔다.

킥킥대는 게, 아주 신이 났다, 났어.

뒤도 돌아보지 않고 팔을 어중간히 들어 흔들며 작별 인사를 하는 게 참 고향을 방문한 예의치곤 깍듯했다.

나를 스치면서 내려다보는 듯한 눈빛을 보내는 게 왕재수였다. 날 언제 봤다고…….

"생긴대로 행동하는 캐릭을 만나니 간만에 신선하네."


작업장엔 두 곰들이 담배를 물고 깊이 연기를 내뱉고 있었다.

"켁켁!"

구시대의 마약인 담배를… 아참, 마약은 아니지.

흡연가에게 과중한 건강 보험료가 부과된 후로 담배는 부유층의 상징이나 마찬가지라, 한 가치 한 가치가 '레어'다.

그 레어가 연기로 화해 사라져 가고 있었다.

담배를 레어 취급하지는 않지만 구시대 군대에서 공짜 담배 맛을 배운 할아버지는 그렇지 않았다. 출세한 자식들에게 담배를 선물받아 혼자서 맛나게 피우는 박 노인, 김 노인들은 저주할 정도로 애연가시다. 아참, 왜 갑자기 담배 이야기로 흘렀지.

레어에 목숨 거는 엄씨 형제들이 그 레어를 연기로 날려 버리게 만든 사정을 알아보기로.

"야비한 자식, 꼭 이런 식으로 조롱한단 말야."

"전부 이 자식 캐릭이라니… 다 지워 버립시다."

"잉? 다 지워?"

음, 두 형제의 대화를 들어서는 여우대가리와 어떤 악연이 있었는지는 전후 사정을 알 수가 없다. 단지 지금 내가 보호하면서 키우는 캐릭 전부가 방금 다녀간 재수없는 여우대가리가 의뢰한 캐릭이라는 건 확실했다.

재수가 없어도 의뢰인은 의뢰인인데 왜 그러지? 이봐요, 당신들은 프로잖아.

"무슨 일입니까?"

두 형제가 동시에 답했다.

"아, 미안하다. 목소리 컸지? 옴팡 당했다, 옴팡ㅡ!"

"나참, 의뢰받은 캐릭을 무단으로 지우면 몇 달간 의뢰를 못 받고, 화를 참고 캐릭을 넘겨주려니 값을 터무니없이 후리니……."

둘이 동시에 흥분해 말을 하니 무슨 뜻인지 알아듣질 못했다.

작은곰이 담배 한 모금을 깊이 들이켜고는 담배 끝을 손가락으로 쳐서 끊었다. 그러고는 형의 어깨를 짚은 뒤 차근히 설명해 주었다. 처음으로 나오는 이들의 과거사.

"방금 다녀간 놈은 예전에 이 작업장에서 팀장이었다. 손 빠르고, 센스도 있고, 놀라운 동화율로 다섯 캐릭을 혼자 돌릴 정도로 멀티 컨트롤의 달인이야. 트레이너로서 유능한 건 인정해야겠지. 그건 그거고, 너도 알지? 우리가 게임을 잘못 선택해 낭패를 당했다는 것."

"예."

"그 자식이 전부 그 게임에 몰빵하도록 작업원들을 선동했어. 업주인 우리도 마찬가지로 혹했고. 지나서 누구 탓이라 말하기도 부끄럽지만 그 게임이 손에 익을 대로 익은 상태라 다들 다섯 캐릭 정도 컨트롤할 만큼은 능숙했거든. 그 친구 탓을 할 수도 없는 상황이지. 그땐 다 뭔가에 씌였지, 씌였어."

진짜 양아치네.

"그래서요?"

"그런 노가다 게임이 얼마나 갔겠어?! 결국 바나나 쿠폰 사태가 벌어지고 작업장도 그 여파에 휘청거리고 말았지. 하지만 다시 힘을 뭉쳐서 작업장을 꾸려가자고 설득했고, 작업원들도 모두 힘을 합쳐 난관을 극복하겠다고 힘을 모아주었어."

"음."

"자랑 같다만, 우린 작업원들이 싹수가 있으면 사원 전환

을 바로 시켜주었거든. 근데 방금 전 그 친구가 말썽을 일으
키더라고. 어떻게 이간질을 시켰는지 하루도 조용한 날이 없
는 거야. 팀웍이 엉망으로 변하더니, 결국 같은 작업원끼리
필드에서 서로 싸우질 않나……."

"놈만 쫓아내면?"

"배후에서 그놈이 조종한 줄 전혀 모를 때였지. 그놈은 자
기 맡은 몫은 철저히 해냈거든. 우리 둘 다 의심할 수 없었어.
게다가 악수를 두어 엉뚱한 사원들을 내보내는 실수까지 저
지르고 말았고."

"허, 당했군요."

"정사원을 내보내려면 얼마나 힘든지 알지? 사유서를 써서
노동부로 불려 다니느라고 오히려 그 여우 놈에게 작업장 관
리를 맡겨야 했어. 어찌 된 판인시 두서가 줄줄이 들어가서는
근로 감독관이 작업장에 상주하며 들들 볶아대고… 대충 정
리하고 업장에 복귀했을 때는… 이미 때는 늦었지."

"……."

"통제도 되지 않고 무단결근자까지 속출하고… 혼란도 그
런 혼란이 없었어. 그때 얼마나 스트레스를 받아 폭식을 했는
지 몸도 불고… 결국 직원들은 하나둘 떠나고 말더군. 참, 유
능한 친구들이 많았는데."

에구구, 댁도 고생했구려. 감정이입이 꽉꽉 된다. 배신의
상처에 흉터가 남은…….

"마음고생이 심했겠네요."

"여하튼 여우대가리의 이간질임을 알았을 때는 이미 늦었지. 우리가 할 수 있는 것은 놈이 우리 몰래 의뢰받은 캐릭을 지워 계약 이행을 하지 못하도록 한 게 다였다. 그로 인해 놈은 위약금을 물었고, 한동안 트레이너로서 일감을 받지 못하도록 페널티까지 받게 되었지."

나라도 그 정도로 끝나지는 않았을 것이다.

큰곰이가 흥분해서 작은곰이 말을 이어받았다.

"아니지, 하나 더 있다. 여러 작업장에 이 녀석을 주의하라는 비밀 글을 인사 담당자들에게 전부 보냈다. 우린 규모는 작아도 제법 인망이 있는 편이거든."

"아하!"

고개를 끄덕였다.

사람을 믿고 일을 맡긴다는 게 맡기는 사람에게도 큰 책임이 따른다는 것을 이를 두고 하는 말일 터.

여하튼 과거 두 형제는 사람 하나 잘못 쓰는 바람에 된통 홍역을 치른 셈이었다.

근데,

"여우대가리는 왜 앙심을 품었대요?"

"지나서 생각해 보니, 사원 채용을 놓고 우리와 의견이 맞지 않아 앙심을 품은 것 같아. 그는 아르바이트 작업원들을 더 늘려 대형 작업장으로 가야 한다고 끊임없이 주장했고, 우리는 아르바이트를 늘리기보다는 사원 전환을 더 선호했거든."

"……."

"그 때문에 자신의 수고 이상으로 대우를 받지 못한다고 생각했겠지. 능력을 어느 정도 감안해 뒷돈을 찔러주었어도 성에 차진 않은 게야."

"음."

"우리는 뭐, 작업장 아르바이트 해보지 않은 줄 알아? 몇 년을 성실하게 일했는데 엄한 곳에서 사원을 채용하는 것을 보고 얼마나 상처를 입었는데……."

작은곰이가 말을 받았다.

"우리는 그러지 말자고 다짐했다. 실천에 옮긴 게 이런 결과로 이어졌어도… 그렇지만 후회는 없어!!"

"후회없다."

후회없다라… 거짓은 아닌 듯하다. 이들의 당당함이 이를 증명한다.

자신과의 약속을 지킨 이들만이 가질 수 있는 그 당당함! 남들이 어떻게 생각하든 그동안 지내면서 느낀 이둘은 과거의 미련 때문에 현재를 망치는 사람은 아니다.

큰곰이의 이야기는 계속됐다.

"그 자식이 독립해서는 자신의 생각을 바로 실행에 옮기더군. 가차없이 아르바이트들 부린 후, 어이없이 일비를 후려

짧른다고 악평이 자자해. 시내 쪽에 시급 5,000원 준다는 작업장이 그놈 작업장인데, 실상은 까다로운 규약을 들이대 거의 착취 수준이야."

"소문이 날 만도 한데⋯⋯."

"손 빠르고 동화율 높은 게임의 달인에게 시급 만 원도 지급하니. 휴우, 소문이 나쁘게 나지 않아. 능력주의라나 뭐라나. 높은 시급에 혹한 사회 초년병 등 초보들만 당할 뿐이겠지. 간단히 빨리고 버려지는 거야."

"허, 거참."

높은 시급에 까다로운 규칙이 따르는 것은 타당하다, 라는 판례가 있어 아르바이트생을 그런 식으로 착취하고 버리는 업주는 혼하다.

"나름 출세한 셈인데 우리에게 당했다고 생각하는지 앙심을 품고 이렇게 약을 올리네. 오랜만에 어이가 안드로메다로 은하 철도를 탔다. 나참, 허허허."

"그런 의도였군요."

이제야 이해가 되었다. 여우대가리는 그가 당했던 그 방법 그대로 돌려주려 함이다.

큰곰이 투박한 어투로 자세히 말했다.

"그놈은 독립을 염두에 두고 따로 캐릭을 수주받아 이 장소에서 성장시키다 우리에게 발각당한 거야. 단말기의 마스터 키를 가진 우리가 하루아침에 지워 버렸지. 그 때문에 놈은 의뢰인들의 클레임에 걸려 게이머로서 상당한 신용상의 문제에 봉착당했어. 당연히 많은 불편함이 따라다녔을 테고⋯⋯. 하나, 너도 알아두어야 할 것이, 업주 몰래 이루어진 캐릭 육성은 적발 시 캐릭 삭제는 어느 작업장에서 당연히 이루어지는 일이야."

나에게도 분명히 주지시킨 사실로 그만큼 멀티 트레이너를 위한 단말기는 상당히 고가다. 내가 말했다.

"그러면 지금 우리가 공들여 키운 캐릭들이 여우대가리 것이라 이건데, 그러면 당할 게 뻔한데 지울 겁니까? 일단 참고 캐릭을 완성해 줘버립시다."

"끄응—"

두 곰들의 얼굴이 걸레같이 일그러졌다.

나도, 이 둘도 이 부분이 중요한 대목이다.

캐릭 육성을 의뢰받아 이만큼 키우고 지워 버리게 되면 여우대가리가 계약 위반으로 터무니없는 클레임을 걸어올 것이다. 화를 삭이고 캐릭을 약속대로 육성해서 넘겨주면 되지 않느냐고 할 수 있다.

그런데 두 형제나 나도 생각지 못한 함정이 숨어 있었다.

육성 특약 사항, 일명 옵션!

작은곰이 이미 열려 있는 문서의 아랫부분을 짚어주었다.

"이건!"

특약 사항을 확인하고 입이 벌어졌나.

우리는—이제부터 나와 두 곰이 아닌 우리다—스텟 반을 남겨 놓은 까다로운 조건까지 이행했다.

데드 카운트 함정도 먹지 않고 피했다. 나만 데드 카운트를 먹었다. 엄밀히 그게 내 역할이었다.

그런데 CEN이라는 스텟치, 바로 '집중력'이라는 스텟에 대한 함정이 숨어 있었다.

나나 두 형제나 CEN은 렙업 시 1포인트씩 자동적으로 성장하는 줄 알고 있었다. 그러나 실상은 30레벨까지 자동 성장이었고 그 이후로는 한 스킬을 고도로 단련시키거나 어떤 특정 행위를 반복해야만 성장하는 스텟인 것이다.

여우대가리는 특약 사항에 CEN값을 60에 맞추도록 요구했다.

한데 렙업을 해서는 여우대가리가 제시한 60포인트를 맞출 수가 없다. 계약대로 100퍼센트 이행이 불가능하다!

일반적으로 중요 사항을 만족시켰지만 특약 사항에서 미달일 때에는 의뢰인과 트레이너가 타협을 해 용역 대금을 조절한다.

보통 할인율이라 하는데, 관행상 12퍼센트까지가 최대 양보선이다.

한데 그 여우대가리가 찾아와 캐릭을 살피고는 캐릭당 3,000원이라는 터무니없는 가격을 제시하고 갔다.

3,000원은 바나나 쿠폰의 최소값. 아직도 바나나 쿠폰을

가지고 있는 두 형제를 조롱하는 게 아니고 무엇이랴? 받아들이면 바나나 쿠폰을 던져 주고 갈 게 뻔하다.

"그림이 그려지네요."

"그래, 그런 거지."

'더러워서, 캐릭을 지우고 말지!' 라는 말이 튀어나올 만했다. 나라면 어쩌지? 참, 난감한 일이다.

2년간 험한 곳에서 이런 놈, 저런 놈 제법 만나보았다. 이런 평화로운 곳에서 악질적인 놈을 발견할 때마다 인간 종자의 다양함에 치를 떨지만 그걸 보고 어떻게 하겠다는 생각은 들지 않았다.

당한 놈이 재수없는 거다. 당하기 전이라면 몰라도 일이 터진 후에는 이미 늦다. 만회할 방법은 거의 없는 것이다.

그런데 왜 이렇게 이들을 도와주고 싶은 마음이 울컥 치미는 거지? 알바하는 동안 내내 공적인 대화로 일관한 이 두 사람인데.

그 사이에 정이 든다는 건 말도 안 된다.

그것은 내가 자부심 높은 사람을 좋아하기 때문.

나 자신과의 약속을 당당하게 지켜본 적이 없기에…….

*         *         *

이 게임 자체가 만능 캐릭을 육성하는 깃임을 잠시 잊었다.

CEN 스텟은 캐릭이 다양한 경험을 해야만 올릴 수 있는 능력치다.

우리같이 노가다 플레이를 해서는 오르지 않는다, 당연히.

넷상에 올라온 정보의 대부분이 이런저런 퀘스트나 생산스킬을 단련하다 보니 CEN치가 올라가더라는 것이다.

유저들이 잠정적으로 내린 결론이 그렇단다.

물론 전투 스킬을 숙달시키면 CEN값에 영향을 준다. 하나 우리의 캐릭들은 반이나 되는 스텟치를 비축해야 하는 특약사항에 묶여 있다. 발전시킬 수 있는 스킬까지 묶여 있는 것이다.

양손을 등 뒤로 묶고 입 아니면 발로 물건을 옮기라는 것과 같다.

"저쪽도 프로답게 함정이 교묘하면서도 악질적이군요."

그렇다.

놈은 E&T 게임의 한계를 명확히 파악하고 두 형제를 함정에 내몰았다.

그럼 CEN 수치를 맞추려면 생산 스킬 숙련하기밖에 없는 셈.

일주일이 채 남지 않은 이 마당에 낚시질, 광물 캐기, 산에서 벌목하러 다녀? 불가능!

하루에 1렙을 올리기도 빠듯한 실정에 어떻게 동시에 진행할 수가 있겠는가? 과연 렙업하기보다 힘들다는 CEN값을 일주일 동안 얼마나 올릴 수 있을 것인가?

고민이 들었다.

현재 CEN 38포인트를 어떻게 60포인트까지 끌어올리지?

놈의 코를 납작하게 해주려면 그 수밖에 없는데?

"……."

작업장 내의 침묵은 점점 길어졌다. 전자시계라 시계 바늘 소리도 안 들리니 더욱 삭막하다.

시간, 시간, 시간, 문제는 시간이다.

두 형제는 내가 골똘하게 생각하고 있으니 그만두겠다는 말을 차마 못해 머뭇거리는 것으로 생각했나 보다.

큰곰이가 이해한다는 표정으로 빙그레 웃었다.

"수고했다. 한 달치는 채워주고 싶었는데 우리 사정이 그러니 오늘 것까지 일바비를 성산해 줄게. 시급은 4,500원으로 약간 올렸다. 같이 일해보자고 말하고 싶었⋯ 에이, 뭐, 간만에 게임에 몰입할 수 있게 해준 감사의 표시야."

"……."

작은곰이가 말을 받았다.

"섭섭하게 대한 게 있다면 미안하다. 좋은 놈이라고 느낌이 왔지만, 같이 일해보자고 말하고 싶어도 잘 안나오더라. 끙."

"……."

네가 삔히 져나보니 누 곰의 눈가가 붉고 축축했다.

왠지 찡—한 게 전해졌다.

잠시 망설였던 생각이 일시에 달아났다.

차가웠던 가슴 한 켠에서 무언가가 후끈하게 일었다.

이들이 해주었던 말들이 일방적인 주장이 아님이 분명히 드러나는 대목이라.

믿자, 믿기로 하자.

사람은 위기가 닥쳤을 때 그 사람의 진면목이 나타난다 한다.

천번만번 동감할 만큼 처절하게 경험했지 않았나.

소신을 지키는 사람은 왜 이리 힘들게 살아야 되는 거지?

남은 일주일만큼 이 둘과 최선을 다하고 싶어졌다.


**대가없이! 하려면 바람없이!!**


그게 또 지난날 순진했던 시절의 내 주특기 아니였던가. 잠시 그때로 돌아가 보자. 세상에 실망하지 않았던 시절로!

대한민국 탈출 계획, 일단… 유보.

간만에 목소리에 감정을 실어서 말할 수 있었다.

"저, 후끈 달아올랐습니다."

"응?"

"아니, 저 불타올랐습니다."

"뭐? 문 말이야?"

"아참! 나 열.받.았.다.고.요! 같이 버닝해 봅시다. 까짓것, 날밤까면서 버닝해 보자고요!! 못할 거 없잖아요!"

"버, 버닝!"

그래, 바로 그 버닝 말입니다.

척척, 두 곰과 손과 손을 맞잡았다.

처음으로 잡아보는 그들의 손, 뜨거웠다.

나 이상으로!

레벨도 60 찍고 CEN 수치도 60 만들어서 그 잡놈의 여우대가리의 뾰족 코를 눌러 버립시다!

나, 불타올랐다.

$$* \qquad * \qquad *$$

중간에 집에 급히 돌아오니 여동생 지은이 둥그런 눈으로 바라보았다. 대뜸,

"짤렸어?"

"…나참, 안 짤렸어. 말 시키지 마, 지금 무지 바빠."

"뭐 하는 거야? 얼굴이 벌게져 잔뜩 긴장해 가지곤."

"한 일주일간 철야 일거리가 주어졌어. 일주일치 옷가지는 추려가야 돼. 불타올라야 될 일이야."

"…불타?!"

시은이는 능 뒤에서 옷가지를 챙기는 것을 지켜보았다. 애

가 왜 이러지?

옷을 주섬주섬 챙겨 나오는데 여동생이 새초롬한 눈으로 문 앞을 지키고 서 있는 것이다.

"응?! 할 말 있어?"

"또 사라지려는 거지?"

"…무슨. 일이야, 일."

"수상해. 못 믿겠어."

"아, 정말. 바쁜 사람 붙들고 왜 이래?"

"못 가! 엄마 올 때까지 있어. 못 비켜!!"

"에……."

나도 모르게 눈이 사나워졌다. 그러자,

"흑, 으… 우앙앙, 또 사라지려는 거지? 또 몇 년 지나서 불쑥 나타나려고 그러지? 가지 마―"

"얘가? 아니래도……."

"내가 잘못했어. 안 때릴게. 또 사라지면, 엄마 죽어……. 흐아앙―"

"아니라니까. 일 나간다고 했잖아!"

"그때도 외국인 회사에 취업했다고 사라졌잖아―! 출국 기록도 없이… 못 가, 절대 못 가!! 우아아앙―"

"……."

"미워하지 않을게… 가지 마……."

문 앞에 퍼질러 앉아서는 울고불고 난리를 피워댔다.

난간, 난감, 절대 난감.

지은이의 눈물 스킬은 특이하다. 아무나 가지지 못한 독특한 스킬로 눈에서 흘러내린 눈물이 둥근 뺨을 타고 흘러 입으로 들어가 다시 눈으로 나온다. 무한 반복하며 눈물이 마를 사이가 없다. 이 무한 반복이 이루어지기 전에 양보할 게 있으면 양보해야 집안이 조용하다.

누구도 이 스킬을 극복할 수 없다고 장담한다.

나는 지은 죄가 있기에 터져 나오는 한숨을 간신히 다져 넣곤 지은이를 토닥여 주었다.

"아니야, 지은아. 이번엔 절대 아니야. 사라지지 않는다니까."

"…아르바이트도 하고, 용돈 갈취도 안 하고, 내가 독립할게……."

"…아니라니까."

지원한 군대에 떨어졌구나… 그 다리론 안 된다니까.

왜 이리 시큰하지.

"…오빠, 미안해. 가지 마……."

"……."

"업장에 같이 갈까? 약도 그려놓을게, 확인하러 와. 이번엔 절대 아니야."

"히잉— 후아아아앙—"

다시 터지는 울음.

한 6분을 애 달래듯이 달래자 간신히 눈물의 무한 루프를 끊을 수 있었다. 지은이의 부은 뺨에 소금 길이 생겨 있다.

나도 모르게 지은이를 꼬옥 끌어안았다. 오랜만에 눈이 따가웠다.

"키힝, 징그러. 저리 가— 좋아! 그러면 단말기 잔액 전부 이체해 놓고 가. 그래야 믿겠어."

"…그래, 그렇게 할게."

누가 널 이길 것이랴—?

하마. 전부 이체시켜 놓으마.

나는 단말기를 열어 잡비 10만 원을 제외한 잔액 전액을 지은이의 계좌로 송금했다.

지은이는 자신의 단말기의 잔액을 확인하고는 지켜선 문 앞에서 게걸음으로 비켜섰다.

그렇게 집을 나설 수 있었다.

아, 그래도 지은이가 나를 걱정하긴 하는구나.

왠지 가슴이 뭉클해 짠해 돌아보니 단말기의 숫자에 눈을 박고 환하게 웃는 지은이의 얼굴이 있는 게 아닌가.

나와 눈을 마주치자 모른 척 팩 고개를 돌렸지만 그 미소는…….

…망했다.


*          *          *

난 그날부터 작업장으로 거처를 옮겼다. 한시를 아끼기 위해 토막 잠을 자는 고군분투의 연속이었다.

우리는 하루에 유료 던전 열 개를 깨뜨렸다. 거대 길드가 선점한 사설 '클로즈 필드'에 시간당 이천 원이라는 고액의 입장료를 지불하면서까지…….

돈이 문제가 아니다.

자존심이 문제!

단 이틀 만에 의뢰받은 캐릭들을 58렙으로 성장시켰다.

그리고 유저들이 소개한 생활 스킬을 올리는 다양한 직업들을 섭렵해 나갔다.

광산에서 괭이질을 하다가 CEN 수치가 1이라도 변동이 생기면 대장간으로 옮겨 망치질을 했다. 그곳에서 또 수치가 오르면 벌목장으로…… 빵도 구워보고 도살장에서 백정 일도 했다. 약간씩 맛만 보는 식으로 게임의 세계관이 제공하는 다양한 직업들을 찾아다녔다.

"오, 세상에!"

그중 '마굿간지기'가 압권이었다.

소똥, 말똥을 삽으로 퍼서 치웠는데 그 실감나는 삽질이라니……. 그 때문인지 CEN값을 2나 주었다.

여하튼, CEN 수치가 팍팍 오르기 시작했다. 생산 스킬을 올리는 것이고 단순 반복되는 작업의 연속이라 나도 두세 개의 캐릭을 동시에 올려놓고 컨트롤할 수 있었다.

감정이 개입되는 순간, 가상 세계와의 동화율은 급속도로 올랐다.

평균 22퍼센트에서 25퍼센트를 유지했다.

그럼에도 다중 컨트롤은 은근히 손이 빨라야 했다.

내 캐릭은 당연히 52레벨에서 휴면 상태에 들었다. 오픈 필드에서 캐릭들을 보호할 필요가 있을 시 등장했다.

가드가 주 임무이기에 성장과는 거리가 멀었다.

3일이 지나는 시점에서 다들 한계에 봉착했다. 하나의 캐릭을 돌리는 것과 여러 개의 캐릭을 동시에 돌리는 것엔 장신력과 체력 소모가 극심했다.

멀티 트레이너, 쉬워 보여도 어려운 직업이었다.

그래도 이를 악물고 했다.

밤새도록 오픈 필드에서 버섯 채취를 하는 중이었다.

현실에서 송이버섯을 찾는 수고를 게임에서 똑같이 들여야 했다.

> 당신은 독버섯을 채취했습니다. 이 독버섯은 식중독과 피부 발진을 유발합니다. 포션 제조가에게 넘기면 제값을 쳐줄지도 모릅니다.

"뭔 소리여?"

쳐주면 쳐주는 거지 쳐줄지도 모른다니?

값을 안 쳐줘도 좋으니 닥치라고!!

으, 화내면 안 되지. 집중, 집중.

conCENtrate—!

CEN!!


시간이 지날수록 의식이 코마 상태에 근접해 갔음은 두말
할 나위 없었다. 눈이 가물가물 저절로 감겨오는데,

"지오야, 잠시 눈 좀 붙일게. 캐릭 좀 받아줘."

"예."

체력이 달린 큰곰이가 자리에서 일어나 간이침대로 토막
잠을 자러 갔다.

부쩍 성장한 가상 세계와의 동화율은 나를 초보 멀티 트레
이너로서의 길을 열어주었다. 최근 평균 동화율이 24퍼센트
대를 유지하고 있다.

안전지대에서 송이버섯을 채취하는 4개의 캐릭과의 동화
율은 각각 8퍼센트대를 유지하고 있는데 이 정도면 단순 재
료 채취하는 데는 문제없었다.

그러나 4개의 캐릭터를 동시에 돌리는 것은 뇌를 혹사하는
일이었다.

얼마 후 작은곰이도 캐릭을 부탁해 왔다.

"두 시간만 잘게, 캐릭 좀 넘겨받아."

"예."

어? 대답을 하고 나서 문제점을 깨달았다. 이봐! 둘다 가면 어쩌라는 거야? 한 명씩 교대로 가야지!

작은곰이를 붙잡으려다 멈췄다. 이미 작은곰이는 소파에 쓰러져 코를 골고 있다. 거의 1초 만에 숙면 모드인가? 체력의 한계다. 큰곰이도 마찬가지.

"어쩔 수 없지."

한 번에 네 캐릭씩 교대로 돌리자. 내 건 몸빵이니 만약의 사태를 대비해서 뺄 수 없다.

하지만 다른 세 캐릭은 자동 동작이 가능해지면 동화율을 최하로 낮춰도 되니 작업을 하나 끝낼 때마다 바꾸면 된다.

힘들고 효율도 그렇게까지 좋지는 않지만 그냥 세워두는 것보단 낫다. 젊은 내가 조금이라도 버티기로 하자. 한 걸음이라도 더 간다.

몽롱한 상태에서 손은 절로 움직였다. 그렇게 새벽녘이 되었을 때는 일곱 개의 캐릭을 동시에 컨트롤하고 있는 나 자신을 발견하고는 소스라치게 놀랐다.

"아, 내가 7캐릭을!"

네 개의 캐릭터가 일곱 개로 늘어난 것을 모를 정도로 몰입했다니.

잠이 확 달아났다. 몸 안의 잠재 능력이 일순간 모두 깨어난 느낌이었다.

"7개의 캐릭을 다룰 수 있다면, 동화율은?"

나는 급히 그것을 확인했다. 혹시 한 캐릭당 동화율이 5퍼센트 이하로 떨어져 있다면 큰일이 날 수도 있다. 무리해서 여러 캐릭을 움직이다 사단이 나는 경우가 바로 이거다.

"어헉! 어떻게 이런 수치가!"

생각해 보지도 못했다. 이건 기적인가?

나 자신에게 감동했다.

가상 세계와의 동화율이 각 캐릭터마다 무려 18퍼센트에 달해 있지 않은가? 그렇다면 만약 하나의 캐릭터에 집중한다면 얼마나 오른다는 거지?

만약 가상 세계와의 동화율이 40퍼센트가 넘으면 어느 작업장에서나 반기는 멀티 트레이너라 했다. 하지만 이건 그 수치를 훨씬 뛰어넘는다. 어쩌면 진기명기에서 나온 9캐릭 멀티도 가능할까? 혹시 이론상 최대치라는 12캐릭?

"나에게 이런 능력이……."

쉬지 않고 몰입했다. 감이 왔다.

가상 세계와 현실과의 경계를 허무는 건 그리 어려운 게 아니었다. 송이버섯의 향긋한 내음을 떠올렸다. 그렇게 자리를 뜨지 않고 계속 캐릭들을 옮겨 다니며 버섯을 채취하고 판별했다.

드디어 가상 세계와 현실과의 경계가 완벽하게 허물어졌다. 그러자 솔밭에 떨어진 바늘도 찾을 수 있을 것 같은 자신감이 생겼다.

동화율이 약간씩 떨어졌다 올라갔다 했지만 캐릭당 평균 25퍼센트를 유지했다.

나는 7개의 캐릭들과 완벽하게 가상 세계에 녹아들었다. 모두가 잠든 새벽녘의 기적이다.

"이 친구가?! 헉! 뭐야?!"

"혼자서⋯ 7캐릭을! 도대체 몇 시간째 돌린 거야?"

"형, 믿기지 않아. 시, 시간이 4시간. 쉬고 있는 캐릭 하나 없이 컨트롤하다니⋯⋯."

"잠깐, 7캐릭 전부 동화율이 28퍼센트!"

"말도 안 돼!! 이건 가상학회 보고감이야. 아니, 신고감이야."

"괴, 괴물⋯ 예전에 뭐 하다 온 거지?"

"으응?"

그제야 나는 잠에서 깬 듯이 코마 상태에서 돌아왔다.

방금 전까지 꿈을 꾼 듯했다. 그런데 무슨 꿈을 꾸었는지 기억이 안 난다. 무지하게 흥분했었던 것 같은데⋯⋯.

"아, 맞다. 나 7캐릭 돌렸지."

흥분은 아까 혼자 충분히 했다. 지금 그들의 흥분에 호응하기엔 내가 너무 지쳤다.

멍한 의식 속으로 플레이한 시간이 흘러들어 왔다.

'4시간. 무리했다. 자야지⋯⋯.'

캐릭을 대기시켜 놓고 PC 모드로 빠져나왔다.

"좀 쉬셨어요? 그럼 두 분이서 정오까지 트레이닝하시는 겁니다."

"으, 응."

"그, 그랴."

어, 왜 저렇게 얼어 있지? 미안해서겠지.

그렇게 생각하고 고양이 기지개를 쭉쭉 켜면서 몸을 풀었다. 조금 정신이 들었다.

"전 찜질방 가서 쉬고 올게요."

건너편에 대형 찜질방이 있었고, 그곳엔 일인 수면용 산소 탱크가 있다. 제법 수면을 집중적으로 취할 수 있는 기기다.

화성 가는 우주인들을 위한 장치라나 뭐라나… 효과는 분명 있다.

그때, 등 뒤로 작은곰이의 들뜬 목소리가 들려왔다.

"헛, 그새 CEN값을 2나 올렸네!"

"송이버섯 채취에 버섯 감정까지 동시에! 햐—"

응? 채취와 감정을 동시에 진행했다고 그러네.

어쩐지 눈알이 핑핑 돌더라.

그제야 정말로 뻗어버리고 싶어졌다.


어쨌든 가상 세계와의 동화, 확실히 감잡았어—!

機甲戰記

# Massacre

기갑전기 매서커

　유료 던전에 도진하기 위해 서로 역할을 나누어 '장' 을 보았다. 유저들이 손수 만든 고성능 포션을 구하기 위해 유저들이 직접 운영하는 상가를 누비는 중이다.

　핸드 메이드가 아닌 '유저 메이드' 다.

　E&T는 '유저가 만들어가는 게임' 이라는 슬로건답게 유저 메이드 아이템에 높은 옵션과 능력치를 부여하게끔 설정이 잡혀 있다.

　자신이 직접 만든 아이템이 높은 성능을 발휘할 때 그 성취감은 느껴본 유저만이 안다.

　그래시 이 점만 즐기는 유저와 커뮤니티 그룹이 발달해 있다. 실제 우리는 E&T 세계의 일 할도 채 즐기지 못한 거나 마찬가지다.

그런데 유저 메이드 포션을 구하는 중에 별 이상한 찐따가 들러붙어서 떨어지지 않는 것이다.

상가 입구에서 이동 마차로 장사하는 메이지 계열 캐릭으로, 전형적인 떠돌이 약장수.

"아, 글쎄, 바쁘다니까요."

"이보게, 지오. 내가 바로 E&T 최초의 아크 알키미스트라네."

"그러니까, 됐다고요!"

당신이 아크 알키미스트이든 말든 영 믿음이 안 가네요.

게다가 유저 아이디가 '일단 한번 먹어봐' 가 뭐야?

"어허, 나는 자네 같은 피통 몰.빵. 캐릭을 기다려 왔네. 이거 좀 먹어보고 그 느낌과 변화를 말해주게."

"바쁘다니까요! 일행이 기다리고 있습니다."

"시음만 하면 아크 알키미스트가 손수 만든 다양한 최상급 포션이 공짜인데 그렇게 말하면 섭섭하지."

"공짜? 최상급! 다양한!"

끌리는 단어의 조합이다. 이 사람, 장사할 줄 안다.

"공짜에 반응이 오는군. 나도 장사해야 하는데 소리가 너무 크잖은가. 이리로 오라고."

"시간 없는데… 20분 정도면 되겠습니까?"

"충분하네. 자네 정도의 저렙에 피통은 되어야 실험의 진가를 알아볼 수 있거든."

"제가 한 '유니크' 하죠."

"암, 인정하네. 하나 내 포션은 '레전드' 라네."

"……."

그렇게 나와 그와의 만남은 시작되었다. 우연도 인연.

일단 한번 먹어봐?


*　　　*　　　*


캐릭의 인도일을 하루 남겨놓았다.

정확히 12시간 남았다.

육성의 대전제 조건인 60레벨을 맞추기 위해서, 입장료가 일만 원짜리인 고급 유료 퀘스트에 도전할 수밖에 없었다.

무려 일만 원이다! E&T, 치사한 놈들.

아차, 냉정, 냉정! 게임사 원망은 나중 일.

현재 두 형제가 일주일간 캐릭 육성에 꼴아박은 돈은 무려 일백만 원에 달하고 있다.

복병인 CEN 능력치를 높이기 위해 별짓을 다한 셈이다.

이 둘은 이미 기대 수익 같은 것은 잊어버린 지 오래임이 분명하다. 두 형제는 자신들의 자존심과 자신들을 이해하는 나를 실망시키지 않으려고 무리를 하고 있는 것이다.

분발, 분발.

돈을 보고 일하지 않고 사람보고 일한 게 언젯적 일인지 가물하다. 표현이 그렇지만 내가 남자끼리 끈끈한 유대를 오랜만에 만끽하고 있음은 분명했다.

실제 나는 우연히 세면실 휴지통에서 코피를 닦은 휴지를 보았다.

"누굴까?"

둘 중 하나이거나 둘다이겠지만, 그 누구도 절대 티를 내지 않았다. 여우대가리에게 엿을 먹이겠다는 그들의 의지가 평범하지 않음을 짐작할 수 있었다.

현재 육성해야 할 캐릭들의 레벨은 58렙 19퍼센트 정도였고 CEN값도 58에 머물고 있었다.

나만 55레벨에 CEN값은 40 정도 올린 상태였다.

"하긴, 나의 렙과 스텟값은 아무 의미 없지."

과연 2업을 약정 시간까진 할 수 있을지 간당간당했다.

제길, 게다가 CEN값은… 암담, 그 자체다.

CEN값을 높일 수 있다고 알려진 것은 거의 다 했다.

남은 건 12시간!

버닝, 재가 될 때까지 버닝하는 수밖에 없는 거다.

우선 목표는 60까지 레벨업.

지금 결제 수속을 밟고 있는 유료 퀘스트는 60~65레벨이 도전할 수 있는 것이다.

퀘스트를 완수하는 대로 동일 장소에서 계속 도전할 계획이다.

"준비해! 곧 던전 지대로 변할 테니까."

지금 우리의 위치는 폐허의 요새 터에 버려진 건물 잔해들이 이리저리 흩어진 장소로, 유저들이 필드로 나서기 전 파티를 규합하는 약속 장소 등으로 이용되는 곳이다.

지금도 쉬고 있는 유저들이 많이 보였다.

그렇게 늘 지나치는 평범한 장소였는데 입장료를 지불하는 순간 결계가 드리워지며 우리들만을 위한 던전으로 변모하기 시작했다. 돈만 지불하면 언제 어떤 장소에서도 퀘스트가 받아지고 던전이 열렸다.

"이것이 만. 원.의 힘인가!"

이것 하나만큼은 마음에 드는 서비스라, 돈만 지불하면 천국의 문도 열어줄 것 같지 않은가?


짙은 회색 운무가 등 뒤로 드리워지며 요새 터를 둥글게 감싸기 시작했다.

멀뚱히 쉬고 있던 유저들이 청색 결계 밖으로 강제로 밀려나가거나 튕겨져 나갔다.

"어어! 왜 이러지?"

"와— 만 원짜리다."

"에이 씨! 콱, 뒈져 버려라!!"

"돈으로 게임하는 시키들! 절구창 나라!!"

등 뒤로 유저들의 반응이 나름 뜨거웠다.

만 원짜리 던전 입장이 그렇게 부러운가? 사정도 모르면서……

그렇게 외부와 격리되며 외부인들을 모두 몰아내자 '두둥!' 하는 던전 입장을 알리는 웅장한 효과음이 깔렸다.

## Quest

**버려진 쉼터.**

쉼터를 점거한 불한당들을 몰아내고 그들을 소탕한 증표를 마을 치안대에 제출하십시오.

퀘스트 레벨:55레벨~60레벨.

이제부터 제한 시간 한 시간짜리 토벌 퀘스트가 시작된 것이다.

55레벨의 내가 앞장섰고, 다른 6캐릭들이 뒤를 받쳤다.

'이거 무리하다 아작 나는 거 아냐?'

거미 던전의 악몽이 떠올랐다. 운이 따르길 기대하면서 전진했다.

화면 모서리가 깜박거리며 퀘스트 성격을 알리는 문자가

올라왔다.

---

# Quest

### 버려진 쉼터, 자경단의 첩보.

여행자들을 위협하는 강도단의 비밀 회합이 곧 열립니다.

이들을 모두 소탕하고, 강도단의 증표인 반지를 모으십시오.

보상:반지 한 개당 1ㅁㅁ골드이며, 메인 클래스 '현상금 사냥꾼'으로

　　 전직할 수 있는 연결 퀘스트로 이어집니다.

어느 누구도 당신의 안전을 책임지지 않습니다. 하나 최대 위기는 곧

최고의 기회! 행운이 함께하기를……

---

"강도단 소탕이라… 사냥터의 몬스터가 아니라 대상이 살아 있는 인간형이라 이거지?"

어떤 식으로 나올지 호기심이 동했다. 긴장감이 열 배는 더 들었다.

그때,

차아아앙—!

게이트가 생성되는 특유의 효과음과 함께 반쯤 남은 건물 벽에서 은회색의 광채가 뿜어져 나왔다.

"왔다!"

거리는 30미터, 적들이 우르르 쏟아져 나오기 전에 입구에서부터 차례대로 처치하자는 생각에 뛰었다.

싸움은 자리 선점하는 자가 반은 먹고 들어가는 것.

게이트에서 발목까지 오는 갈색 롱 코트를 걸친 인영이 모습을 드러냈다. 초점을 맞춰 바라보자 '강도단의 평단원'이라고 타이틀이 붙어 있었다.

"무기는?"

들려 있지 않았다.

"없는데요."

"그럼 마법사인가?"

"그런 듯."

마법사도 한 종류가 아니다. 메이지, 아니면 엘레멘탈 리스트?

게이트에서 막 나온 인영은 달려오는 나를 멀뚱히 쳐다볼 뿐, 준비 자세가 어정쩡한 것이 반응이 영 시원치 않다.

"뭐지?"

마치 일반 유저 같다는 생각이 언뜻 스쳤다.

하나 분명히 몬스터와 마찬가지로 적색 음영이 드리워지며 타깃팅이 잡혔다.

"에이, 몰라. 언젠 생각했어? 그냥 까는 거지."

달려드는 나를 향해 무어라 이야기를 하는 것 같은데 입만 벙긋거리는 것만 보일 뿐 소리는 전혀 들리지 않았다.

내가 그로테스크한 뼈다귀 해머를 치켜들자 그제야 두 눈이 휘둥그레지며 코트 속에서 완드와 날렵하게 생긴 검을 허겁지겁 빼 들었다.

"이미 늦었거든?"

처음부터 해머 스킬을 발동해 크게 휘둘렀다.

"불의의 일격!!"

슈와악— 쁘악!

크리가 터지며 갈색 로브의 인영은 그대로 그가 나온 게이트 속으로 팅기듯이 빨려 들어갔다.

허이구, 내 반지!! 야, 너 반지 안 떨궈?

아냐, 지금은 파티의 레벨업이 먼저. 침착, 침착.

연이어 게이트에서 검을 뽑아 든 갈색 코트를 걸친 인영이 등장했다. 누기를 들고는 있었지만 떡하니 버티고 있는 나를 보고 흠칫 놀라 주춤했다.

"죽어!"

머뭇거릴 시간이 있을 리 없다. 스킬을 발동하지는 않았지만 맹렬하게 막아선 검을 쳐나갔다.

갈색 인영의 손에 들린 검을 멀리 날려 보냈다.

탱—!

깨끗한 금속음이 귀를 간지럽혔다. 그 여세를 몰아 해머의 중량에 몸을 실었다. 빠르게 회전해 상대의 어깨에 해머를 내리찍었다.

부우욱— 퍼헉!

"으헛!"

섬짓한 비명이 적나라하게 상대의 입에서 터져 나왔다.

뭔가 알 수 없는 느낌이 등줄기를 타고 흘렀다.

이거, 정말 사람 같은데? 손에 전해진 느낌도 딱 그 느낌이다. 어깨가 내려앉은 상대는 양 무릎을 꿇고 주저앉았다.

나를 올려다보는 눈엔 착잡한 원망이 가득했다.

뭐 이런?

"지오! 게이트를 부숴, 이거 좀 이상하다."

"예!"

범위 스킬을 발동해 게이트를 향해 해머를 휘둘렀다.

그 권역엔 주저앉은 대상도 포함되어 있었다.

멈출 수 없었다.

"클로버 휠!!"

휘이이잉—

퍼, 퍼억!

주저앉은 대상의 머리가 터져 나감과 동시에 이제 막 머리를 들이민 대상까지 순식간에 머리가 터져 나갔다.

그리곤 범위 스킬에 강타당한 벽면이 와르르 무너져 내렸다.

빛을 발하던 게이트도 촛불이 바람에 꺼지듯이 픽— 하고 사라졌다. 근데 손에 전해진 느낌이 영 만만치 않았다.

동화율이 40퍼센트에 육박했으니 거의 현실에서 느껴지는 타격과 같은 셈이다.

근데 이거 너무 쉽잖아?!

두 형제도 이상한 점을 느꼈는지 머리가 터져 쓰러진 갈색 코트의 인영을 살피기 시작했다.

"어라, 우리와 같은 일반 유저잖아!"

"예?! 유저라고요?"

"맞아, 갑옷에 '갑옷 장인 짱㉛'이라 새겨 넣어져 있어. 한글에 상표까지… 당연히 유저 아냐?"

"그러네요!"

아이템에 그렇게 표시되었다면 일반 유저가 분명했다.

의구심이 밀려왔다.

근네 경험치는… 올랐다!

일반 유저를 죽였는데 경험치를 준다? 그리고 60레벨 유저 치곤 착용한 반지며 아이템이 상급이다.

하나 우리에게 펼쳐진 상황은 고민을 하고 있게 놔두지 않았다.

우리 파티를 둘러싼 폐허 곳곳에서 은백색의 게이트가 열리기 시작한 것이다.

츄아아아앙—

게이트에서 갈색 코트를 걸친 인영들이 쏙쏙 튀어나왔다.

"어라, 이거 수가 장난이 아니잖아?"

열린 게이트만 해도 12개는 족히 되었고, 각 게이트에서 평균 네다섯 명씩은 족히 튀어나왔다.

이들의 반응은 비슷했다.

첫째, 어리둥절해한다는 것.

둘째, 전혀 우리를 적대적으로 보지 않고 있다는 것.

셋째, 자기들끼리는 잘 아는 것처럼 보였다.

다들 어정쩡한 자세로 두리번거리며 자신들이 걸치고 있는 갈색 코트를 신기한 눈으로 바라보거나.손가락에 낀 붉은 반지를 서로 보여주며 고개를 갸웃거렸다.

어찌 저것이 NPC의 반응이겠는가?

자기들끼리 무어라 이야기하는데 이쪽에선 전혀 들리지 않았다.

이들의 피통 바를 눈대중으로 살펴보니 대략 50레벨은 됨 직했다. 간간이 60레벨에 준하는 피통 바를 가진 인영도 있었지만 착용한 아이템의 영향일지는 알 수 없었다.

그때 누군가가 우리를 손가락으로 가리키며 떠들기 시작했다. 이후로 분위기가 냉랭해지더니 우리를 향해 무기를 뽑아 들며 경계 태세에 들어갔다.

포위된 채 48대 7의 대치가 이루어졌다.

큰곰이가 저들에게 외쳤다.

"당신들 뭐야?"

"……."

저쪽에서도 입만 벙긋벙긋.

그러다 저쪽에서 우리 발치에 널브러진 갈색 코트 단원의 사체를 보고야 말았다.

반응이 뜨거(?)웠다.

길길이 날뛰며 달려나오려는 인영을 다른 동료들이 막아 세우며 냉정해지려고 했다.

과연 저들은 어떤 사정을 가진 유저이기에 유료 퀘스트에 강도단으로 나온단 말인가.

저들은 강도단이 아닐지도 모른다는 생각이 스치고 지나가려는데 우발적으로 발현된 마법체 하나가 우리 파티에게 날아들었다.

쉬아아아앙, 푸—앙!

작은곰이가 준비한 매직 쉴드가 충격파로 출렁거렸다.

"쳐!"

오는 건 받아친다. 그냥 죽기엔 너무 억울한 사연이 많으니까.

그때부터 아비규환의 시작이었다.

강도단 곳곳에서 마법체와 정령체가 날아들어 우리들을 보호하는 매직 쉴드를 뒤흔들기 시작했다. 그래도 우리의 매직 쉴드는 굳건히 버텨주었다.

이를 통해 저들 중엔 고렙이 없음이 분명해졌다. 하지만 수는 많았다.

"씨파, 죽이고 보자."

"니밀, 살고 보자!"

두 형제의 욕지기 중에 후자에 나는 손을 들었다.

'암, 살고 봐야지.'

작은곰이의 네크로맨서가 스파이더 아처 12마리를 소환해 냈다. 그리곤 한곳을 향해 집중적으로 공격을 퍼붓도록 지휘했다.

나는 아처들의 엄호를 받으며 화살이 쏟아지는 곳을 향해 달려갔다. 비틀거리는 갈색 코트들이 목표다.

이들이 걸친 아머는 마력 저항은 강할지언정 물리력에 대한 저항이 부족한 것은 이미 증명되었다.

몇 개나 되는 마력체가 날아와 몸을 때렸지만 '진창 구르기' 스킬을 쓸 정도는 아니었다.

그렇게 싸움은 원거리 투사전으로 시작해 본격적인 근접전으로 이어졌다.

근데, 왜?

우리가 일반 유저들과 싸우는 데 돈 만 원을 내야 하지?

*     *     *

휘익—

다가온 나를 향해 검과 도끼를 든 인영들이 마중 나왔다.

해머와 얽혀 들어가자마자 무기들은 그들의 손을 떠나 등 너머로 날아갔다.

따탕—!

"오호, 무기 떨구기!"

동화율이 높아지자 이런 현상이 빈번하게 발생했다.

이후 나의 해머가 이들을 난타했고, 픽픽 튕겨져 나가게 만들었다.

제법 아프게 마법을 떨구는 메이지를 우선 타격 목표로 찾았다. 저기 저놈!

DEX를 일시적으로 올려주는 포션을 복용하고는 그 여세를 몰아 접근했다. 문제의 메이지는 등을 보이고 회피하려 했다.

"이히, 등을 보이변 안 되지."

해머가 상대의 등 중앙에 정확히 꽂혔다.

퍼억! 하며 크리가 터지며 상대는 픽 꼬꾸라졌다.

그때부터 적들의 마법체가 나에게 집중되기 시작했다.

퍼퍼퍼펏— 퍽!

마법이 몸에 작열하며 뜨겁고, 차갑고, 날카로운 모든 불쾌한 느낌이 전부 고스란히 전달되었다.

"빌어먹을 동화율!"

악을 쓰며 버텼지만 다구리에 장사 없다고, 70씩, 90씩 들어오는 네미시가 누적되자 피통의 삼분지 일이 금세 닳았다.

포션 딜 타임이 돌아오려면 기다려야 했다.

갈색 코트 단원들의 틈 속에 파고들어 난전에 몸을 숨겼다. 무기술이 강한 몇몇과 복잡하게 어울리며 마법 공격을 따돌리는 데까지 성공.

순간, 등 뒤로 크리가 터지며 데미지가 크게 들어왔다.

헉—!

어쌔신 스킬인 '불의의 일격'이 등을 파고들어 왔던 것이다. 허리가 굽혀질 정도로 얼얼해지며 하마터면 충격 여파로 본 크러셔를 떨굴 뻔했다.

"이 자식이!!"

해머 자루를 뒤로 길게 빼 등 뒤에 붙은 어쌔신의 목젖을 찍었다.

"커걱!"

상대가 주춤 물러났다.

드디어 포션 딜 타임이 끝이 났다.

얼른 상급 포션을 복용해 피를 채웠다. 아낄 게 없다.

> 아크 알키미스트의 블러드 포션을 복용했습니다.

> BP 1,ㅁㅁㅁ이 일시에 보충되었습니다. 추가로 1초에 BP 3ㅁ씩 1ㅁ회에 걸쳐 차오릅니다.

포션의 높은 효율로 포션 딜 타임이 18퍼센트 단축되었습니다.

그 믿을 수 없던 아저씨가 준 실험용 포션. 하지만 아크 알키미스트의 블러드 포션은 그 '아크' 값을 했다.

목을 부여잡고 물러나는 새파란 나이프를 든 갈색 코트의 사나이가 눈에 잡혔다. 감정을 담아 맹렬하게 정수리를 찍어 눌렀다.

투—학!!

크리가 터지며 상대는 짜부러졌고, 그 여세를 몰아 피통이 바닥날 때까지 내려쳤다. 충분히 타깃팅이 될 그림임에도 저지하기 위해 접근하는 강도단원은 없었다.

"오합지졸이군."

그러했다.

다행히 이들 중엔 리더로서 무리를 일사불란하게 지휘하는 자가 없었다. 중구난방으로 무리를 지어 떨어져서는 안절부절못하는 모습으로 보아 무언가 제약이 걸려 있음이 확실했다.

그럼에도 사냥은 눈이 돌아갈 정도로 PVP의 연속이었다.

포션, 포션!

아크 알키미스트, 변태 늙은이가 물건은 제대로 만들었군.

바아앙, 퍽!

메이스 무기 운영은 손에 익을 대로 익어 바람 불 듯이, 물

흐르듯이 부드러운 호선을 그리며 상대를 유린했다.

동화율이 높으니까 가능한 무기 운용이다.

간당간당하게 몰리면 파티가 구축한 진형 속으로 들어와 숨을 돌렸다가 피를 채우곤 바로 튀어나갔다.

푹—

"아놔, 이놈의 어쌔신이!"

전투 중 등 뒤에서 찔러 들어오는 어쌔신 기술에 제일 많이 당했다. 그래도 차례차례 한 무리씩 진압해 나갈 수 있었다.

일반 유저들이라 그런지 겨룸의 손맛이 달라도 달랐고, 저들에게 분명한 제약이 걸려 있음을 확인하자 곧바로 적응이 되었다.

그러나 유저들답게 시간이 지날수록 조직적이고 완강한 저항을 하기 시작했다.

타깃팅이 집중된 것은 두말할 나위 없다.

특히 이런 것,

쩌저적적—

"으갸—꺅!"

스파크 스프레이!

새파란 스파크 다발이 나를 지져(?)댔다.

지져대고 숨고, 지지고 숨고… 몇 번째 당했는지 모른다.

손가락 끝을 통해 찌르르 정전기가 전해지는 게 기분 정말 드러웠다. 이래서 전격계 마법이 제일 싫다.

그렇다고 동화율을 떨구자니 무기 운용 능력도 같이 떨어지니 그냥 감수할 수밖에. 그나마 저들이 할 수 있는 내 움직임을 둔화시킬 유일한 방책이었다.

다행히 '본 크러셔'는 뼈로 된 무기라 전기를 덜 먹어 손에서 놓치지 않을 수 있었다.

몇 번을 당해도 무기를 떨구지 않자 당황한 인물이 눈에 들어왔다.

"너였구나. 너 인마, 죽었어!!"

이딴 효과를 구현한 개발자를 대신해 죽어라!

본 크러셔를 들고 미친놈처럼 뛰자 그는 등을 보이고 다시 무리 속으로 숨어들려 했다.

"어림없지. 나, 눈 좋거든."

가볍게 웃어주며 가로막는 적들을 무시하고 점프 스킬로 뛰어넘었다.

휘이이잉―

그 점프 높이가 무려 3미터, 스킬의 힘이다.

가로막은 이들의 입이 벌어졌다.

저들의 혀와 치아 상태를 확인하며 떨어지는 체중을 담아 전격 마법을 뿌린 놈의 등짝을 해머로 찍어눌렀다.

뿌억―!

크리가 터지는 둔중한 격타음이 들리며 상대는 그대로 뻗어버렸다.

"크헉—!!"

꿈틀하더니 상대는 바로 로그아웃, 그리고 들려온 메시지.

> 새로운 공격 스킬 조합이 만들어졌습니다!
> 스킬 포인트 2를 획득했습니다. 스킬명을 등록하시면 당신 몸은 영원히 기억할 것입니다.

"바빠 죽겠는데……."

이럴 땐 신스킬이 떠도 반갑지 않다. 간단하게 '점핑 히트'라 명령하고 스킬 등록을 시켰다. 동화율이 높은 유저들이 생존 능력이 높은 것은 이런 식으로 자신만의 스킬을 축적해 나가기 때문이다.

여튼 나의 모습에 기함으로 입이 벌어진 주변의 갈색 코트 인원들이 분분히 흩어졌다.

양들 사이에 뛰어든 늑대, 아니, 사자.

어딜, 범위 스킬로 쓸어버린다.

"클로버 휠!!"

부웅— 투다닥닥!

자세가 정확지 않아 정타가 들어가진 않았다.

대신 다리 등의 신체 부위에 심대한 타격을 입혀 달아나지 못하도록 만드는 데는 성공했다.

이어지는 둔기질에 쭉쭉 뻗어나간다.

스탯을 무엇에 찍었는지 이들은 빠르기만 할 뿐이었다. 물리적인 능력이 이리도 없단 말인지…….

"까는 나야 좋지만."

퍽퍽, 꽉!

비틀거리는 녀석들을 사정없이 내려앉혔다.

짜릿, 찌릿!

발만 묶어버리면 오합지졸이 따로 없었다. 처음 느꼈던 더러운 느낌은 어느새 쾌감으로 바뀌어 버렸다. 나 'S' 맞나 보다.

그래도 저항이 만만치는 않다. 다섯을 처리하는 동안 피통이 반으로 절단 나 있었다.

포션의 딜 타임은 아직 8초나 남은 상태. 재빨리 파티원들이 구축한 진형 속으로 몸을 날렸다.

티티팅—

등 뒤로 단검, 손도끼, 짧은 창 등이 날아와 갑옷에 부딪쳤다.

물론 상대의 눈에는 데미지가 들어가며 박히는 모습으로 보일 터이다.

등이 뻐근한 게 이러다 골병들지 싶다. 그래도 두 곰이를 보고 웃었다.

"다녀왔어요."

"쉬지 말고 바로 나가리."

"사람 혹사시키지 마요."

"혹사가 바로 우리 목표 아니냐."

"케켁."

표정 변화 없이 다시 호흡을 가다듬으며 다음 공격 준비에 들었다.

우리의 진형은 단단했다.

파티원들은 스파이더 아처의 엄호를 받으며 원거리에서 갈색 코트들을 공격해 시선 분산을 꾸준히 시도해 주었다.

하나 레벨 차이가 비등한 마당에 데미지는 먹히지 않았다. 시간이 지날수록 살짝살짝 회피하는 약은 동작에 기만당하기 십상이었다.

"저놈들, 왜 저리 빨라?"

"DEX와 INT에 투자를 많이 한 놈들이 대부분이다. 저런 연사형 메이지는 물리적 방어력이 약하지. 지오, 네가 계속 나갔다 들어왔다를 반복해야겠다."

"도망 못 가게 어떻게 좀 해봐요, 따라잡기 숨차요! DEX 포션을 먹어야 간신히 붙는데, 그 때문에 BP 포션 타이밍이 번번히 밀려요."

"알았다. 게다가 시간을 너무 끌었지. 이번엔 아처들에게 준비한 화살을 날리게 해보지."

고개를 끄덕였다.

아크 알키미스트를 통해 창의(?)적인 아이템을 구입할 수 있었고, 일부를 소환수에게 지급한 상태다. 작정하고 투자 많이 했다.

스파이더 아처들이 화살 끝에 원형통이 달린 화살을 공중에 날렸다.

퍼펑!

녹색 연기가 갈색 코트들의 머리 위로 떨어져 내렸다.

흔해 보이는 '포이즌 미스트'였다.

그 속으로 나는 해독 구슬을 입에 물고 달려나갔다.

갈색 코트단원 대부분이 큐어 마법으로 자신의 몸을 해독하느라 한 템포 늦은 상태에서 나의 공격에 노출되었다.

노출되자마자 피가 삼분지 일이나 닳았다.

이어 녹색의 독 안개가 해독됨과 동시에 짙은 회색 안개로 바뀌어 내려앉았다.

서로의 시야가 뿌옇게 흐려졌다.

"제대로 나오는군!"

감탄했다. 확실히 아크 알키미스트의 장담대로 이중 효과가 있었다.

혼자이기에 망설임없이 해머를 휘두를 수 있었다. 옆에 거치적거리는 낌새만 걸리면 가차없이 일격을 날렸다.

안개 속에서 단말마의 비명이 구슬프게 울려 퍼졌다. 대화는 안 통해도 비명은 또렷했다.

갈색 코트들이 안개 지역을 벗어나 섬터 곳곳으로 흩어시는 게 느껴졌다.

강제 로그아웃을 한 캐릭은 멀뚱히 서서 얌전히 해머에 몸을 맡기거나 화살밥으로 전락했다. 활성화된 던전에서 로그아웃을 해보았자 10분간 캐릭이 고스란히 남는다.

그러고 보니 경험치도 꽉꽉 오르고 사냥에 무리도 없는 것이, 만 원 값을 넘치도록 했다.

"이게 어째서 60~65레벨짜리 퀘스트지?"

영문을 알 수 없었다. 두 곰이도 거기에 대해서는 아무 생각이 없는 듯했다.

그렇게 갈색 코트단원 중 잔당까지 제압하기까지 40분이라는 긴 시간이 소모되었다. 어렵지도 않았지만 그렇다고 쉽지도 않은 말 그대로의 '인간 사냥'이었다. 열기가 식어들었다.

우리는 누구할 거 없이 게임사에 질의를 하기 위해 정보창을 열었다.

"얼라?!"

질의를 넣을 필요는 없었다.

뜻밖의 비밀 메시지가 우리 캐릭들에게 전부 전달되어 있었다. 바로 운영자 메시지였다.

사냥 즐거우셨습니까?

에? 즐거울 리 없잖아! 아니, 조금은 좋았나, 경험치가… 그래도 돌발 상황은 싫다고!

여러분들의 퀘스트나 던전에 등장한 유저들은 여러분들과 같은 유저가 아닙니다. 이들은 타 게임사가 파견한 스파이들입니다. 바로 E&T 세계의 범죄자들입니다.

"응? 범죄자?!"

산업스파이! 그런 활동이 비일비재하다는 건 알고 있다. 큰 작업장 같은 경우 타 게임사와 결탁해 게임 운영을 방해하는 특별팀을 활용하기도 한다는 것도 들었다.

본 게임을 비방하며 사냥터 질서와 시장 질서를 교란히는 등 E&T의 세계에 반하는 조직적인 무리입니다. 이들의 활동은 오랜 시간 모니터링을 거쳤고, IP 추적도 마쳤습니다. 수차에 걸친 경고도 마친 상태입니다. 지지부진한 법적 제제를 가하느니 이들 캐릭 전체를 이벤트화해 유저 여러분들께 제공하기로 한 것입니다.

와우, 그랬군.

Part 2로 이행하기 위한 불가피한 조치로써 유저 여러분들의 적극적인 협조와 이해를 부탁드립니다.

자신의 게임을 보호하기 위해서라고 해도 그렇지, 또 한편으론 유저인데 사냥감으로 전락시키다니, 너무 가혹하지 않나?

그런데,

> 퀘스트에 제공되는 범죄자들은 퀘스트 수준에 맞게 레벨 제한, 스텟 제한, 스킬 제한이 걸려 있지만 착용 아이템의 성능은 그대로입니다. 참가자 여러분들께 1.5배의 경험치를 약속드리며 이들이 가진 아이템의 무한 루팅이 허용됩니다. 그럼, 즐거운 모험 되십시오.

"오-! 하늘의 별 따기라는 부분 경험치 이벤트까지."

"무한 루팅?"

"경사났네, 경사났어!"

우리는 춤을 추고 싶은 강한 욕망에 사로잡혔다.

그래, 가혹하지 않다. 마냥 땡큐지요. 암! 땡큐-입니다요.

오는 날이 장날이라고 게임 개발사가 자신들의 유저를 야금야금 빼내 가는 삐끼들에게 칼을 빼 든 날이었다.

"한 큐 더 간다! 오케이?"

"아임 오케이!"

"무조건 오케이!!"

큰곰이는 무려 5만 원을 투자해 연속으로 유료 퀘스트를 결제했다. 저 아저씨, 후끈 달아올랐다.

"60레벨 찍을 때까지 이 퀘스트에서 나올 생각 마라!"

목소리엔 물욕보다 비장함이 절절했다.

그런 줄도 모르고 삐끼들은 꾸역꾸역 공급되어 쉼터에 입장했다. 게임사에서 저들을 어떻게 이곳으로 보내는지는 몰라도 당황해하는 모습을 보아선 한창 사냥 중인 필드에서 강제 소환된 게 분명했다. 어리둥절해할 때 최대한 공격을 퍼부었다.

제법 승승장구했다.

우리는 전후 사정을 알았고, 저들은 몰랐으니 당연한 결과.

무한 루팅이 주는 재미가 쏠쏠했다.

쓰러진 삐끼들의 껍데기를 홀랑 벗겼으니… 몹이 이런 식으로 떨군다면 떼부자가 될 게 분명했다.

그러나 드디어 우리 파티는 임자를 만났다.

삐끼 중엔 파티로 움직이는 패들도 있고, 눈치 빠른 친구들도 있기 마련. 남의 게임 방해하면서 다닐 정도면 당연한 것이다.

32:7의 싸움이 벌어졌는데 이번엔 지휘자가 있었다.

그것도 한 명이었다.

한 명이 한 파티를, 그 한 파티의 지시를 다른 삐끼들이 일사불란하게 지원했다. 게이트 한쪽을 진압했을 때는 이미 저들이 진형을 갖추고 난 뒤였다.

"제길, 한 작업장에 소속된 자들이다. 모두 조심해! 지오는 버서커 포션을."

"예."

작업장 대 작업장인가? 짬밥이라는 게 바로 이런 데서 나온다.

큰곰이는 상대의 움직임만 보고 내가 할 수 있는 최후의 방법을 준비하게 했다.

저들은 절대 먼저 공격해 오지 않았다. 건물의 잔해 뒤에 몸을 웅크리고 어딘가로 연락해 지금 상황을 파악하는 듯했다.

"……."

순간 쉼터는 정적으로 젖어들었다.

저들의 실력을 높이 평가할 수밖에 없었다.

이때까지의 오합지졸과는 달랐다.

그렇다. 이것은 경험에서 오는 침묵으로 때를 기다림.

리더의 지시를 저만큼 따른다는 것은 리더의 능력도 능력이지만, 그를 뒷받침하는 구성원들의 소양이 우수함을 의미하기에.

목양견 한 마리가 천 마리의 양을 몬다. 하지만 두 마리의 목양견이 양 백 마리를 건사하지 못하는 것과 같은 이치.

두 형제에게 내가 생각한 작전을 수신호로 제안했다.
두 형제는 고개를 끄덕이며 그 작전을 받아들였다.
그것은…….

機甲戰記

# Massacre

기갑전기 매서커

"발사!!"

슈슈슈슈― 퍼엉―!

무럭무럭.

녹색 독연이 연막탄이 터진 것처럼 피어올랐다.

한 지역을 목표로 일직선을 이루며 독연을 퍼부었다.

숨어 있던 적들의 움직임이 부산스러워지더니 독연이 정화되어 특유의 회색빛 짙은 안개로 변했다.

이제 네크로맨서 캐릭이 나설 차례다.

던전에서 수습한 유저들의 사체를 소환해 내 안개 지역으로 밀어 넣었다. ㄱ 수는 우리 파티와 같은 일곱.

잠시 후 안개 속에서 소란이 일었다. 마법체와 정령체가 발하는 빛이 뿌연 안개를 투과해 어지럽게 흘러나왔다.

그렇게 좀비화한 유저들을 던져 놓고 안개 뒤에서 기다렸다.

"움직인다!"

적은 내가 예상대로 움직였다.

일부가 나서 바람의 정령을 소환해 짙은 안개를 흩어내려 했다. 안개가 옅어지며 일곱 개체가 난입했음을 알아차렸으리라.

안개 반대편에 숨어 있던 적들이 몸을 일으켰다.

그래, 미끼를 물어라, 물어!

바람이 전해졌나? 안개가 걷히는 곳으로 십수 명이 우르르 달려가는 게 관찰되었다.

적의 모습을 드러내게 하는 데 성공했다.

움직이자고? 아니, 아직은 아니다.

나머지 배후가 드러날 때까지 진중하게 기다렸다.

싸움은 기다리기.

모습을 드러낸 16명의 적이 흩어진 안개 속에서 눈대중으로 타깃팅을 잡고는 마법과 정령체를 퍼부었다.

팟팟— 콰쾅!

나는 아크 알키미스트가 만든 '버서커' 포션을 꺼냈다.

효과가 정말일까? 약간 미심쩍은 느낌.

나는 타르 같은 걸쭉한 액체를 들고는 뚫어져라 바라보았다. 자칭 아크 알키미스트라 했지만 분명 매드 메이지가 만든 포션이다. 하지만 이때까지 그가 제공한 포션의 성능은 정말 아크가 붙을 만한 것이었다.

문제는 검증한 적이 단 한 번도 없다는 이것.

사용 후기를 알려주면 각 스텟을 최대치로 올려주는 최상급 포션을 20개씩 받기로 하고 일명 '유저 퀘스트'를 받아들였다.

"부작용이 나올지도……."

쳇, 게임이잖아. 실제로 먹는 것도 아닌데 긴장하기는. '우황청심환'이라 생각하자.

드러난 목표물을 노려보며 걸쭉한 액체 고약을 들이켰다.

"윽!!"

어째 불안하더라! 포션을 들이켜는 순간, 느슨하고 낭창하던 바이오 글러브의 유격이 급격하게 당겨지는 게 아닌가?

꽉 조이는 게 규정을 벗어난 게 확실했다. 손에 피가 안 돌 정도로 압박이 극심해졌다.

"아프잖아ㅡ!"

가상에서 이루어진 게 실제 현실에 개입하다니!

이 미친 마법사가 사람 잡잖아!! 이거 미친 거 아냐?

그와 동시에 게임상의 지오가 미친듯이 괴성을 질러대는 게 아닌가?

"우웨어어어억─!!"

통제를 벗어난 행동이다.

모든 적들이 나를 돌아볼 정도로 흉포한 괴성이었다.

현실 같은 색감이 순식간에 사라지더니 붉은 사인펜을 칠한 안경을 착용한 것처럼 변모했다.

오직 적만이 선명한 핏빛.

'오, 오─'

급팽창하는 피통!

넘쳐 나는 힘, 힘!!

스프링이 달린 신발을 신은 듯한 가벼움!!

막아서는 모든 것을 쳐부술 것 같은 자신감까지!!

자신감을 느끼는 순간, 손을 죄던 바이오 글러브의 압박이 순식간에 풀렸다.

피가 통함과 동시에 머릿속에서 무언가가 터지는 것 같았다.

> 가상 세계와의 동화율 88퍼센트, 92퍼센트, 88퍼센트, 102퍼센트…….

가상 세계와 완벽한 일체화를 이루고 말았다.

그순간 나는 적들을 향해 달려나갔다.

약간 전진시켰다고 생각했는데 쭈욱─ 앞으로 차고 나가

는 게 아닌가?

발을 딛는 순간 잔돌이 스피드를 이기지 못하고 사방으로 튀어 올랐다.

팟팟파— 투다다닥!

달렸다, 내달렸다.

아니, 돌격이다. 이건 돌진이다.

이미 달려나가는 나의 존재를 파악하고 던져진 마법체와 정령체들을 핑핑 그냥 스쳐 지나갔다.

적들이 당황해하는 게 카메라 줌인으로 당긴 것처럼 선명하게 보였다. 적의 입들이 벌어져 다물어질 줄을 몰랐다.

그리고 적들의 외치는 소리가 선명하게 들리기까지.

"이놈—!"

쌍검을 든 기사 캐릭이 진로를 막아서며 쌍검을 가위처럼 교차해 겨누었다. 그를 상대로 첫 타를 휘둘렀다.

휘이이잉, 파깡—!

막았다, 막혔다.

그는 나의 돌진을 가로막을 정도의 실력자다. 하나,

우당탕!

쌍검을 교차해 해머를 막아섰던 몸체가 붕 떠서 포물선을 그리며 떨어지고 말았다. 무려 5미터를 날아 3미터를 보기 흉하게 굴렀다.

"잘 가라."

기사 캐릭은 8미터 떨어진 폐허 더미 속에서 푸들푸들거리더니 분홍색 음영으로 흐려져 갔다. 저 상태로 서서히 죽어간다는 뜻.

새로운 공격 스킬 조합이 만들어졌습니다!

보너스 스킬 포인트 2를 획득했습니다. 스킬명을 등록하시면 당신의 몸은 영원히 기억할 것입니다.

분위기 깨지 말라고!!

돌진 스킬 '스페인 황소'가 생성되었습니다.

스킬 생성란에 스킬을 등록시키곤 휩쓸 듯이 본 크러셔를 크게 휘두르며 전진했다. 본 크러셔 끝에서 바람이 일었다.

막아선 기사의 희생이 헛되지는 않았다.

십여 개의 마법체가 투사되어 날아와 몸에 작열했다.

파파파, 광—!

연이어 12개나 되는 정령체가 뿜어져 나와 내 몸에 파고들었다.

퍼퍼퍼퍽—!

몸체를 가린 아머에서 팝콘 튀는 소리가 났다.

약간 멈추었을 뿐인데 저들은 정확한 타깃팅을 해냈다.

"역시 만만치 않네. 젠장."

각각 데미지가 천씩 연달아 들어와 피통을 20퍼센트나 깎아내렸다. 이래서 유저를 상대하는 것은 방심할 수 없는 거다.

"우왓— 아아아—!"

분노의 괴성이 뿜어져 나왔다.

가슴이 후련해졌다.

순간 줄어들었던 피통이 다시금 풀로 차올랐다.

새로운 스킬이 만들어졌습니다!
보너스 스킬 포인트 2를 획득했습니다. 스킬명을 등록하시면 당신의 몸은 영원히 기억할 것입니다.

스킬 '회복의 외침'이 생성되었습니다.

저벅저벅, 박력이 터지도록 걸어나갔다.

두 가지가 동시에 이루어졌다.

주변을 종횡무진 누비며 해머를 정신없이 휘둘렀다.

붕— 붕— 부우욱—

공간이 수평으로 벌어졌다. 이건 평소 컨트롤으로 보여줄 수 있는 위력이 아니다.

퍽, 퍽, 트악—!

본 크러셔에 가격당한 적들이 픽픽 날아갔다.

그런데,

"어?!"

새로운 스킬은 생성되어도 기존에 배워놓은 스킬은 발동되지 않는 것이다. 게다 포션 복용도 잠겨져 있다.

오직 캐릭 자체가 뿜어내는 괴력만이 최고의 가치!

그 괴력은 유혹적이었고, 그 힘에 절로 취하게 만들었다.

크리가 뻑뻑 작열하며 적들은 포물선을 그리며 쭉쭉 날아갔다.

나를 향해 손가락질하는 캐릭이 저 멀리 보였고, 이어 몸을 던져 오는 기사 캐릭들과 공격 마법들이 집중되기 시작했다.

"저놈!"

지휘하는 자, 놈의 위치를 잘 봐두었다.

병기와 병기가 서로 교차했다.

탱, 탱강! 뿌카카각!!

금속 파열음이 공간에 울렸다.

기사들의 손에서 병장기들이 길죽한 호선을 그리며 저 멀리 달아났다. 중량과 힘, 더불어 빠르기에 같은 중병기가 아니면 막아설 수 없었다.

"으헛—!"

무기를 놓쳐 버린 적들이 찢어진 손을 부여잡고 고통에 겨운 신음을 토해냈다.

나는 가차없이 빈손이 된 기사들을 가격했다.

휘둘러지는 본 크러셔 앞에 공포로 하얗게 탈색된 기사들의 눈이 커다랗게 치떠졌다. 숨을 토해냈다.

"으라찻!"

부우우웅─ 퍽, 퍼억!

"크아아악─!"

선명한 비명이 터지며 기사들은 두 팔을 부여잡고 나뒹굴었다.

기사들을 쓰러뜨리는 순간 전격 마법이 나에게 쇄도했다.

짜자자자작─!

땅이 전기를 먹고 잔돌을 새카맣게 뱉어냈다.

쩌릿한 무언가가 발을 타고 올라왔다.

"으으으으웃─"

혼자 당할 순 없지.

몸을 날려 앞을 막는 기사들을 어깨로 밀치고 재차 마법을 발현하려는 메이지들에게 달려들어 본 크러셔를 선사했다.

이것이 전격 망치다!

그 기분으로 통렬하게 찍어 눌렀다.

푸학─

가격당한 메이지는 멀리 날아가 떨어졌다. 푸들푸들 경련을 일으키더니 그 상태 그대로 로그아웃.

"원 스윙─ 원 킬─!"

기분 최고.

빠르기로 누구도 나를 잡을 수 없었고, 힘으로 누구도 나를 누르지 못했고, 체력으로 누구도 나를 따르지 못했다.

까고, 휘두르고, 찍어 눌렀다.

맞으면 튕겨 나가 일어나지 못했고, 스치면 마비되어 주저앉았다.

리더의 입에서 다급한 명령이 떨어졌다.

"막아! 엉겨 붙어—!"

"와아—!"

이도저도 안 되자 당황한 적들은 몸을 내던져 나의 팔과 다리를 붙들고 늘어졌다.

어떻게 해서라도 휘둘러지는 해머의 공포를 벗어나기 위한 몸부림이리라.

함성이 터지며 엉겨 붙은 이들이 붕붕 날아 내동댕이쳐졌다.

"우와앗—!"

"크읏— 커헉—!"

두 명을 로그아웃시키는 사이 또 간격을 좁히며 엉겨 붙었다. 적들도 필사적이었다.

싸움은 세 곳에서 벌어졌다.

좀비 유저들을 상대하랴, 난동하는 나를 제지하랴, 뒤에서 야금야금 다가오는 파티를 상대하랴, 적들은 정신을 못

차렸다.

*　　　　*　　　　*

적은 징하게 많았다. 시간이 제법 흘렀지만 전투는 계속되었다.

적 리더의 지시가 선명하게 들렸다.

"한 뼘의 거리도 주지 마, 몸으로 엉겨!"

정말 지긋지긋하게 엉겨 붙었다. 적 리더의 지휘는 적절했다.

저들은 버서커로 변한 유저를 상대하는 방법을 제대로 알고 있었다. 그때,

"앗, 지오. 피해!! 범위 마법을 준비 중이다."

"찻!"

나는 재빨리 문제의 리더를 찾았다.

여섯 명이 방위를 잡은 채 완드로 부드러운 호선을 그리며 범위 마법을 준비 중인 게 보였다.

피하기에는? 늦었다.

엉겨 붙은 적들을 떼어낼 수가 없었다. 무려 여덟이나 밀착해서는 짧은 단검으로 야금야금 온몸에 찔러대는 중이다.

범위 마법을 준비하는 적들 위로 공간이 일그러졌다.

여섯 개의 와드에서 빛이 뿜어져 나와 하나로 뭉쳤다.

파슈슈, 쉬르르르르릉—

새파란 불덩이들이 직사로 날아와 나와 그들의 동료를 가리지 않고 덮쳤다.

꽈과과과광—!

땅이 뒤집어지며 파편과 함께 공중에 떠올랐다.

그리곤 털썩, 하며 땅바닥에 패대기쳐졌다.

"크흑—!"

과거에 경험했던 아픔을 기억해 낸 신경이 온몸에 전류처럼 흘렀다.

"……."

이봐! 움직여, 움직이라고!

이런 젠장, 바이오 글러브의 반응이 없었다.

눈 하단에 붉은 숫자가 10, 9, 8··· 마이너스 카운트로 들어가며 컨트롤 불능 상태를 헤아리고 있었다.

이 단 한 번의 마법 공격에 피통이 반 토막 나버렸다.

쓰러진 나에게 악귀처럼 변한 갈색 코트의 적들이 달려들어 칼질에—그들도 흥분했는지—발길질에 주먹질을 퍼부어댔다.

피통이 점점 줄어들었다.

"지오!"

"이놈들—!"

어! 이 아저씨들이··· 오면 안 되는데······.

말릴 사이가 없었다.

뒤에서 확인 사살하던 두 형제가 캐릭들을 모두 드러내 놓고 뛰어나와 나에게 엉겨 붙은 적들에게 마법체와 정령체의 세례를 퍼부었다.

"죽어!!"

이 아저씨들도 흥분하니까 대책이 없다.

서로 엉겨 붙어 상대방의 얼굴을 빤히 보는 거리에서 난타전이 벌어졌다.

3개의 캐릭을 돌리는 두 형제들도 순간적인 코마 상태가 되어 캐릭들을 사납게 다루었다.

그들이 겪은 게임 인생을 이 순간에 모두 토해냈다.

눈앞이 현란했다.

1, 0······.

어? 죽은 줄 알았는데 살아 있었다.

그런데 이게 뭐야?! 피통이 고작 300밖에 남지 않았잖아!

순간 눈과 눈이 마주쳤다.

그 눈의 주인공은 적들의 리더였다.

망할 놈의 리더가 그런 나를 그의 동료들에게 손가락으로 주지시켰다.

"우웍, 우웍, 우어어······."

이런, 괴성이 질러지지 않았다.

체력이 바닥난 상태에서 회복의 외침이 먹히지 않았다.

게임 밖에서 붕어처럼 꺼억꺼억대는 수밖에.

시커먼 독이 발라진 나이프를 든 적이 진중하게 다가왔다.

침끝이 붉은 특이한 나이프로, 스킬을 발동해 300 남은 피통을 단숨에 요절내겠다는 심산이다.

발바닥이 땅에 붙은 것처럼 꼼짝을 하지 않는 게 아닌가?

일어섰으면 움직여야지.

"발아, 움직여라… 움직여. 제발……."

거리는 3미터. 해머를 휘두르기에는 거리가 멀었고 어질어질 휘청거리는 게 다리는 아무리 용을 써도 전혀 움직여지지 않았다.

우측 하단에 노란색으로 7, 6… 하며 또 다른 카운트가 먹여지고 있는 게 아닌가.

니밀, 다리가 움직이려면 카운트가 끝나도록 기다려야 했다.

순간,

스팟―

눈앞이 깜깜해지며 3미터 밖의 적이 어쌔신 스킬을 발동하는 게 느껴졌다.

거리가 단숨에 좁혀지며 나이프가 복부로 깊숙이 파고들었다.

슈슛―!

커윽, 손바닥이 쫘악 퍼지며 순간적인 경직이 찾아왔다.

크리티컬 데미지를 250이나 먹었다.

몸이 나른하게 추욱 늘어졌다.

"이씨, 이렇게 죽는 거야?"

독이 침투되었는지 1초에 3씩, 4씩 데미지가 깎여 나갔다.

칼을 먹인 녀석 너머로 리더가 히죽 하고 만족스럽게 웃으며 엄지를 들어 거꾸로 돌렸다.

"야! 한 칼 더 먹여!"

죽이려면 바로 죽이란 말이야!!

두 손을 있는 힘껏 움켜쥐었지만…….

우그그극.

먹통!

독의 종류는 마비독이었다.

나이프를 먹인 적의 어깨에 머리를 기대고 서서히 숙어가야 한단 말인가.

움직여지는 건 오직 목 위의 머리뿐.

등 뒤로 울리는 두 형제의 악에 받친 외침이 가슴을 후벼팠다.

마음속 깊은 곳, 밑바닥에 가라앉아 있던 악이 터져 나왔다.

순간 급락하던 동화율을 올라가기 시작했다.

버서커 포션의 여력이 만들어낸 강제적인 동화가 아니다.

오직 순수한 내 이지와 내 바림이 실린 싱크로.

이는 게임 시작하고 나서 두 번째 경험, 하나 이번은 채집이 아니고 전투다.

나이프를 먹인 적의 드러난 맨 목이 눈에 들어왔다.

2년 동안 악으로 깡으로 살아야 했던 본능이 고스란히 돌아와 내게 명령했다.

놈의 목!

"우와악—!"

콰악.

베어 물었다.

움찔움찔.

그러게 내가 포기했을 때 빨리 죽이랬지?

묘한 질량감이 센서를 통해 전신에 골고루 느낌을 전해주었다.

우걱—

경동맥의 위치를 찾아 더욱 깊이 파고들었다.

버서커로 화한 나의 지오는 이가 톱니보다 날카로웠다. 경동맥이 이에 걸리는 순간, 머리를 백팔십도 치켜들었다.

으득—

상대의 입에서 덜덜 떨리는 신음이 터져 나왔다.

"크으으—!"

죽어도 혼자 죽을 수 없다!

아임 버서커!!

나야말로 진정한 버서커!!

츄악―

뜯겨져 나간 목 부위에서 피가 분수처럼 뿜어져 나왔다.

놈, 나처럼 현기증을 느낄 것이다.

그랬다.

목이 뜯겨져 나간 적은 목을 부여잡고 팽이처럼 뱅글뱅글 돌았다. 적은 나에게서 떨어져 나갔다.

복부엔 여전히 나이프가 박혀 있는 상태.

이걸 선물이라고 주신다면야… 감사히.

그때 다리가 움직여졌다. 해머를 휘두를 수 있는 상태가 되었지만 눈치 빠른 적은 이미 목을 부여잡고 크게 물러난 뒤다.

뭐, 이런 놈이 다 있냐는 듯 초점이 흔들리는 눈으로 보고 있다.

"처음 보냐?"

이렇게 만들어놓고 달아나려고? 안 되지.

눈앞이 진하게 붉어졌다.

다리에 중심이 뿌듯하게 느껴지자마자 해머를 뒷걸음질치는 적에게 냅다 던졌다.

이래도 죽을 거, 저래도 죽을 거… 좀 더 많이 아파라.

못된 놈!

퍼억―!

해머는 정통으로 나이프를 선물한 적의 머리를 강타했다.

상대는 휘청하더니 그대로 대자로 쓰러지더니 목을 부여잡은 손을 맥없이 놓쳐 버렸다.

막혔던 혈로가 뚫리며 다시금 피가 콸콸 터져 나왔다.

저놈은 데미지가 10, 20, 30씩 빠져나갔다.

히죽 웃음이 나오려 해도 웃음이 나오지 않았다.

실사 같은 그림을 감상할 틈도 없다.

리더가 가까이 걸어나오며 중지를 들어 까닥까닥거렸다.

당신 너무하는 거 아니냐는 뉘앙스를 전해왔다.

리더 정도 되면 저 정도 재수없음도 갖추어야 되는 덕목인가? 알 바 아니다.

그래, 이놈이 남아 있었지.

놈의 눈은 그래보았자 안 된다는 의미를 말해왔다.

안다.

피통의 붉은 바는 바닥을 쳤다.

이제 내 피통은 20밖에 남지 않았다. 19…….

파티원들의 피통을 살펴보았다.

다들 난전에 휘말려 엉망진창이 된 지 오래였다.

10퍼센트, 7퍼센트, 다들 간당간당했다. 이 정도까지 하면서 버티는 것도 신기할 정도니 할 말 없다.

"빌어먹을, 전부 데드 카운트를 먹는 건가……."

일주일간의 노력이 허사가 되려는가.

괜히 눈에 이슬방울이 맺혔다.

무슨 얼어 죽을 버서커 흉내는…….

피통에 피가 3을 가리키고는 더 이상 줄지 않았다.

마비독의 영향이 미치지 않는 상태.

다가온 리더가 가운데 중지를 들어 내 몸을 꾹꾹 찔러왔다.

주먹을 휘둘러 치고 싶었지만 그만두었다.

"조롱하려면 실컷 조롱해라."

리더의 야비한 웃음이 귀밑에 걸렸다. 킥킥거리네.

여우대가리처럼 야비한 얼굴이다.

변태 시끼.

그때, 목에서 데미지를 줄줄 흘리며 뻗어버린 적이 푸들푸들 떨기 시작하는 게 아닌가.

그리곤 데미지를 100씩, 200씩 쏟아내기 시작했다.

응?

"오호, 로그아웃!"

그렇다.

그는 자신의 캐릭의 비참한 상태가 보기 힘든지 강제 로그아웃을 결행한 것이다.

나 같은 유저를 만나 많이 놀랐을 테지…….

그는 그렇게 로그아웃과 동시에 죽었다. 난전에서 한 캐릭의 죽음. 그 여파는 의외로 지대했다.

죽음은 곧 아름다운 숫자로 화해 우리의 경험치에 더해졌다. 특히 나에겐 더 없는 플러스로.

짜란—!!!

---

레벨업을 했습니다.

---

정말 기적이 일어났다.

레벨업을 알리는 반가운 효과음이 울리며 피통 바와 엠통
바가 일시에 채워지는 게 아닌가.

텅 빈 피통이 방류를 기다리는 댐의 수위처럼 그득 찼다.

나는 그대로 눈앞의 리더에게 감사의 인사로 박치기를 선
사했다.

퍼억—!

"크읍—!"

버서커의 머리는 해머와 같다네, 이 친구야.

비틀거리는 리더에게 다가가 다시금 머리로 다시 들이받
았다.

퍽!

퍽!! 퍼퍽!!

물러나는 족족 따라붙어 머리로 까고 또 깠다.

리더는 정신을 못 차리고 흐느적흐느적 뒷걸음질쳤다.

"너에게 감정은 없다, 대신 재수없음이 유감이다."

옳지, 해머가 여기 있구나. 해머를 어깨에 묵직하게 들쳐

폈다.

허리를 틀어 홈런을 칠 자세를 잡았다.

고개를 치켜드는 리더.

순간 허리 반동을 걸어 해머를 휘둘렀다.

푸학아아아—

"우와악—!"

리더는 바로 로그아웃.

리더가 데드당하는 순간, 파티원들의 피통이 차오르기 시작했다. 그들도 레벨업을 동시에 했다.

1.5배의 경험치 보너스가 다시금 파티원들에게 기적을 선사한 것이다.

전세는 역전되었다.

버서커 타임을 30초 남겨놓은 시점이다.

최선을 다해 적들을 까고 분지르고 던져 버렸다.

리더가 없어진 상태에 전부 우리의 전멸을 기대하고 몰려 있어서 힘들게 쫓아다닐 필요가 없었다.

죽이고, 터뜨리고, 깠다.

버서커의 학살 파티가 바로 이런 것이라는 것을 실감하도록.

파티원들도 넘쳐 나는 피통과 마나통을 앞세워 적들을 유린했다.

붉은 음영을 가진 도둑단원들은 전부 회색 음영으로 화해 흩어졌다.

드디어 모두 데드. 상황 종료!

> 강도단을 전멸시켰습니다.
>
> 귀하의 파티는 엄청난 공훈을 세웠습니다.
>
> 대단합니다! 기본 보상 외로 며칠 후, 추가 보상이 있을 예정입니다.
>
> 감탄, 전율, 매혹당했습니다.

관리자가 모니터링을 하고 있었는가? 즉흥적인 멘트로 의심되는 찬사가 올라왔다.

"관리자, 변태인가 봐요."

"그럴지도."

우리는 씨익 웃었다.

물론 매혹당했을 것이다.

이 몸은 버서커 중의 버서커니까.

*　　　*　　　*

지쳐 멍해 있는데 처음 듣는 음성이 울려왔다.

상당히 부드럽고 매혹적인 음색을 가진 여성 성우였다.

**E&T의 적을 처단하라!**

특별 퀘스트가 종료했습니다.

지오님은 특별 퀘스트 발동 2시간 만에 '킬 포인트' 1만을 달성했습니다. 이는 퀘스트를 수행한 전 유저를 통틀어 최고의 성적입니다.

그랬냐? 108명의 유저들을 죽였다고?!

시끄러우니까 보상이나 주고 꺼져라!

특별 퀘스트 두 번 더 했다가는 사람 인성 망가지겠다.

그리고 빌어먹을 아크 알키미스트, 붙잡히기만 해봐라.

버서커 포션!

강제로 센서를 해킹해 동화율을 올려? 이건 범죄행위라고!!

그럼, 지오님에게 E&T가 준비한 특별 선물을 드리겠습니다. 전 유저를 통틀어 Part 2를 대비한 최초의 히든 클래스로의 전직 기회가 주어졌습니다.

순간, 정신이 벌떡 들었다.

다가오는 Part 2는 오러의 시대이자 쟁패의 시대······.

수많은 유저와의 다툼이 기다리고 있습니다. 당신은 유저를 죽일 수록 강해지는 직업을 생각하고 있진 않으십니까?

그렇습니다. E&T는 당신을 위해 준비했습니다.

아니··· 오직 당신만을.

매서커(Massacre:대량학살자)!!

"···매서커?! 어감이 괜찮은데."

**매서커!**

유저를 죽일수록 스텟 포인트가 주어지며 죽인 유저의 최대 경험치 2퍼센트를 갈취합니다.

전직을 결정하는 즉시 오늘 달성한 킬 포인트가 보너스 스텟 포인트로 전환됩니다. 동시에 경험치 축적도 이루어집니다. 이 스텟 포인트는 LEN 포인트에도 적용 가능한 포인트입니다.

매서커로 전직하시겠습니까?

헉!!

전직만 하면 스텟 포인트를 108포인트나 준다고?

이 누님, 정말 화끈하네.

좋아, 전직해 주지.

> 지오님이 매서커로 전직하셨습니다.

슈왕―!!

나를 향해 환한 청색 빛기둥이 떨어지며 온몸을 1미터가량 들어 올렸다.

머리가 젖혀지며 입이 벌어졌다.

나를 들어 올린 빛은 점점 작아져 눈으로, 입으로 빨려 들어왔다.

쏴쏴쏴쏴―

그리고 서서히 땅에 내려놓았다.

> 이 시간 또 한 명의 위대한 전사가 탄생했습니다.
>
> Part 2는 당신의 시대가 될 것입니다.

> 매서커 전용 스킬 '스텟 부가'가 생성되었습니다.
>
> 스텟 부가:CEN 스텟을 특정 스텟으로 부가할 수 있다.
>
> 스킬 레벨을 높일수록 스텟에 나누어 부가시킬 수 있습니다.
>
> 팁:CEN에 투자하십시오. 2ㅁ레벨 차도 극복할 수 있는 힘이 되어줄 것입니다.

손끝이 잘게 떨려왔다.

이제부터 매서커 지오다.

매서커.

가상에서지만 직업이 생겼다.

비밀의…….

# Act 11
## 약속된 날

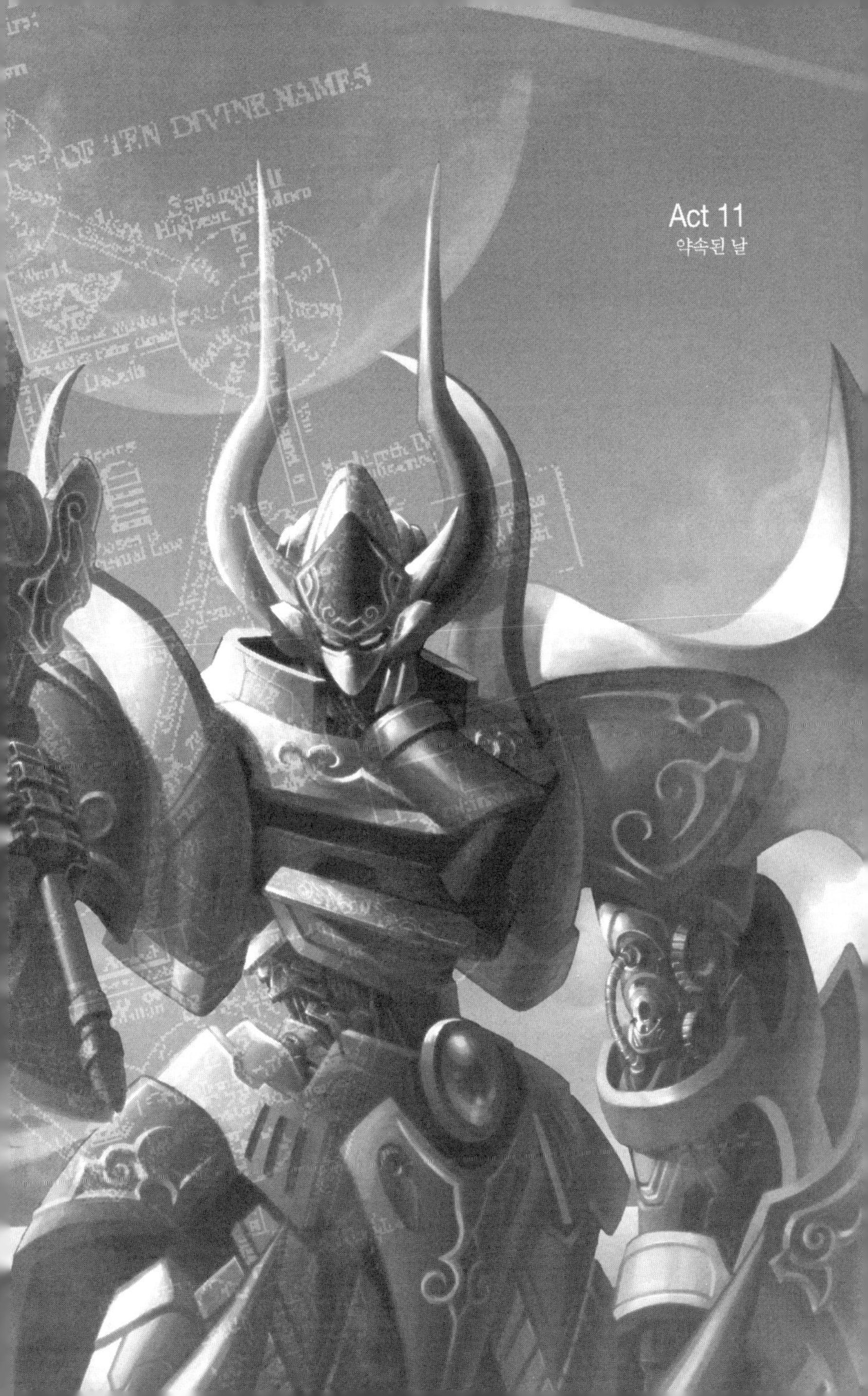

機甲戰記
Massacre
기갑전기 매서커

파타원들 모두 60레벨을 달성했다.

우리는 아무 말 하지 않았다.

같은 사람을 상대로 싸운다는 게 그런 것이다.

게임이라 이겨도 더럽고, 지면 더 미칠 것 같은……

"그래도 챙길 건 챙겨야지."

"그럼요. 그게 패자에 대한 예의죠."

우리는 말없이 강도단의 사체를 뒤져 그들이 소중하게 간직한 아이템을 쓸어담았다.

작업장을 운영하는 놈들이라 아이템들이 호락호락하게 보고 넘어간 게 없었다.

착용한 아이템을 보건대 대다수가 레벨 90 초중반쯤 되어 보였다. 그런 그들이 레벨 제한에 걸려 60레벨이 채 안 되는 우리에게 당했으니 얼마나 억울할 것인가.

이럴 땐 단 두 글자가 모든 설명을 대변한다.

**대박!!**

이제 10시간 동안 CEN 능력치만 올리면 된다.

아직 험난하다만 자신은 있다.

E&T는 우리가 생각지도 못한 다양한 직업들이 있는 세계니까.

여우대가리, 올 테면 와라!

*      *      *

우여곡절을 겪었지만 한 달간 이들을 보호하느라 참으로 찐하게 '막장'을 경험했다.

가장 큰 수확은 이 일주일간을 거치면서 두 형제와 병글거리며 농담할 정도로 친해졌다는 것이다.

간만에 느껴보는 동료애라 할까, 아니면 '열혈남아' 모드라 해야 하나?

물론 게임상이지만 사람도 깨물어(?)보았다.

맛없더라! 진짜!!

"맛이 어떻든?"

"바나나 맛이 나요."

"그랴? 그럼 한번 물어보자. 아앙―"

"자자, 한 이틀 묵은 목 때는 양념이우."

"우웩!"

"키킥."

"카카카."

뭐, 이 정도 대화는 일상이 되어버렸다.

어떤가? 대화에 변태 끼가 잘잘 흐르지 않은가.

더러워서 못 들어주겠다고? 어째 계속 들려주고 싶은데?

남을 괴롭히면서 즐거움을 느끼는 S끼가 다분함을 잊진 않
았겠지?

잊지 마라, 목을 깨끗하게 씻는 거 말이다.

*          *          *

드디어 그날이 왔다.

기다리던 여우대가리가 입장했다.

꼴에 떡대 같은 똘마니 둘을 거느린 기세등등한 출현이었
다.

두 형제는 모른 척하고는 나른 게임 정보를 열람하며 시큰

둥이 반응했다.

여우대가리가 피시시 웃으며 내 등 뒤에 섰다.

"…어?"

캐릭을 지운 줄 알았는데 내가 돌리고 있으니 관심있는 척 살필 수밖에.

그가 의뢰한 캐릭 6개를 올려놓고 다중 컨트롤을 연습하고 있다. 일단 내 지오는 빼고. 이들을 오늘 전부 보내 버리면 언제 해보겠나 싶어서.

각 캐릭당 동화율이 12퍼센트대를 꾸준히 유지하고 있다.

"흐음……"

여우대가리에게서 놀람의 가는 신음이 흘러나왔다.

이 정도 동화율이면 작업장의 준팀장 급이다.

일주일 만에 이렇게 동화율을 끌어올렸으니 놀라움은 당연한 거다.

"헉—!!"

게다가 게임 화면 한 켠에 등 뒤에 누가 와 있는지를 보여주는 배면 카메라, 그리고 게임 방송까지 해서 두 개의 작은 화면이 따로 띄워져 있기에 그 놀라움은 다시 한 번 더 커질 수밖에.

내가 특별히 자랑하려 한 게 아니다. 동화율을 12퍼센트대 정도로 유지해야 하는 일을 하고 있기에 약간 산만한 환경이 필요해서였다. 가상 세계에서 외부 현실 세계를 보고 있는 셈.

지금 개인 대장간을 통째로 빌려서 캐릭 하나는 풀무질을 하고, 다른 캐릭은 화로에 철광석을 투입하고 쇳물을 우려냈다. 또 다른 캐릭들은 달구어진 쇠를 끄집어내 모루에 올려서 단금질을 하는 등 6개의 캐릭이 일사불란하게 움직이며 단검 하나를 만드는 중이다.

"호—"

여우대가리가 그제야 놀라운 표정을 감추며 뾰족 턱을 괴고는 그 광경을 지켜보았다. 척 보고 레벨과 스텟을 알아보는 능력이 있지는 않을 테지만 캐릭 운영을 유심히 관찰하기 시작했다. 그러든 말든 관심 끊었다.

'여튼, 너 인마, 오늘 물 먹었어!'

말을 해주고 싶었지만 일단 참았다. 그건 큰곰이의 몫이니까.

한참 후에야 여우대가리가 입을 열었다.

어감에 거만함이 배인 것이, 제법 돈을 만지고 있는 티가 났다.

"아무리 이 직업, 저 직업 전전해도 CEN 능력치를 일주일 만에 22포인트 올리는 것은 불가능입니다."

그래 불가능할 뻔했다.

"아마 렙업을 포기했으면 모를까. 글쎄, 유료 던전이 주는 포인트도 한계가 분명하죠. 나 같은 친재도 CEN값을 20포인트 올리는 데 20일이 걸리더… 에!!"

나는 등 뒤에서 잘잘거리는 목소리가 듣기 싫어서 6캐릭의의 스텟창을 일시에 띄웠다.

봐라, 봐!

레벨 60.

데드 카운트 0!

스텟 유보 포인트 300!!

CEN 60!!

큭큭큭, 그래, 천재 양반. 우리는 22포인트 올리는 데 일주일이 걸렸으니 '초천재'라 불러야겠군.

여우대가리는 믿기지가 않은지 앞으로 바싹 다가왔다.

내 머리 위에서 그의 얼굴이 느껴졌다.

동화율이 극도로 떨어졌다.

아니, 이 사람이…….

신음인지 탄성인지 모를 말이 흘러나왔다.

"이, 이럴 수가……."

쩌억 하는 턱이 빠지는 소리가 들렸다.

"이건 사기야, 사기라고. 내가 검증한 사실이라고. 아무리 유료를 일주일 내내 돌려도 나올 수 없는 결과야! 이건 버그야, 이건 아니라고."

"아, 거참! 시끄럽게시리. 침은 왜 튀기고 난리야."

나는 순식간에 PC 모드로 전환하고는 자리에서 벌떡 일어났다.

터억!

나의 정수리가 여우 놈의 턱에 부딪쳤다.

"크흑."

"아, 쏘리. 그렇게 붙어 있을 줄은 몰랐네요."

나는 건성으로 사과하고는 렙업 주스를 찾아 냉장고로 향했다.

이제 두 형제가 나설 차례.

"여어, 김 사장! 우리 정산해야지."

"에에—?!"

놈은 캐릭을 지우지 않은 것도 놀라운데 불가능한 스탯치를 만들어놓았기에 정신을 차리지 못했다.

여우대가리는 유령 같은 걸음으로 두 형제가 손짓하는 대로 다가갔다. 그 광경을 미소를 머금은 채 지켜보았다.

작은곰이가 조근조근 특약 사항까지 체크하며 건네줄 캐릭이 완벽하게 조건을 충족시켰음을 조목조목 확인시켰다.

"이건 해킹툴을 사용한 게 분명해……."

자신의 캐릭이 곧 죽어도 버그 캐릭이란다.

여우대가리는 자리를 차고 앉더니 캐릭의 상태창을 꼼꼼이 살펴보곤 어떤 버그를 이용했는지 사냥 경로와 이동 경로를 검색하기 시작했다. 그런 버그가 있다면 자신의 돈벌이로 바로 연결될 터이니……

그런데 이 시대에 버그 있는 게임이 있다는 것 자체가 말이 안 되는 것임은 그가 더 잘 안다.

경로를 확인하는 것으로 육성 노하우를 염탐하려는 것일 수도.

"뭐, 뭐야?! 일주일간 단 1초도 쉬지 않았잖아?"

"뭘, 새삼스럽게. 작업장이 원래 그런 데 아냐?"

여우대가리의 혼잣말에 큰곰이가 별거 아니라는 듯이 응했다.

"그, 그래도 그렇지. 응, 버섯 줍기? 말.똥. 치우기? 빨래하기? 어! 댄스 그룹 흉내 내기 이벤트 참가까지ㅡ!!"

김 사장의 기함이 줄줄이 이어졌다.

자신이 아는 한에선 두 형제가 절대 하지 않을 짓이 여럿 있다.

응? 왜 나를 째려보고 그래? 내가 댄스 그룹 흉내 내기 이벤트에 당신 캐릭들을 몰고 나가 흔들었을 것 같아서?

웃기지 마셔. 무도장엔 고등학교 졸업 파티 이후론 단 한 번도 간 적 없는 몸이걸랑.

대답은 엉뚱한 곳에서 나왔다.

작은곰이가 흥겨운 노래를 흥얼거리며 손과 다리를 지그재그로 흔들었다. 그렇게 복고풍 댄스를 보란 듯이 선보였다.

오, 턴하는 것 봐라! 예술이다, 예술.

"내가 한때 리얼 댄스 캐주얼 게임 지존이었다네."

이야! 시대가 발전하니 게임 오덕후가 춤도 잘 추게 되었구나.

여우대가리의 눈에 허탈함이 걸렸다.

작은곰에 질세라 큰곰이는 깍듯하게 여우대가리를 '김 사장, 김 사장' 추켜부르며 정중하게 대했다.

오히려 그게 더 약 오르지 싶었다.

"김 사장, 옛정을 잊지 않고 우리 작업장을 이용해 줘서 정말 고맙게 생각해. 정말이야. 빈말 아니라고. 간만에 게임에 몰입할 수 있었어. 다시 작업장을 돌릴 힘이 생겼거든."

"……."

여우대가리의 눈이 새히얗게 변했다.

그러거나 말거나.

"특약 사항까지 하나 빠짐없이 이행했으니 결제를 해야겠지."

"끙."

"캐릭당 팔십만 원이니까 모두 480만 원이군. 오, 출세하더니 목에 거는 단말기로 바꾸었네? 우린 언제 김 사장처럼 소형 단말기로 바꿔보나……."

확실히 김 사장, 김 사장 할 때마다 더 빡도는 모양이군.

"어, 설마 결제를 안 하고 갈 셈인가? 그냥 가도 우린 상관

안 하겠네. 그런데 작업장 업주가 하청을 주고 인수를 거부하면 어떻게 되더라? 어이구, 눈 튀어나오겠네. 눈 좀 집어넣게."

"겨, 결제한다고… 결제할게요."

따라온 떡대 두 명이 자신이 모시는 사장의 굴욕적인 모습을 보기가 무안한지 슬그머니 자리를 비켰다.

즐겁게 그 모습을 지켜보며 나는 자리에 앉았다.

단검이 막 완성 직전이라서 하던 일은 마무리하고 싶었다. 인도 시간까지는 5분여 정도 남은 상태.

땅땅땅—! 열심히 두드리고, 치익— 차갑게 식혔다.

그리고 마침내 단검 하나를 완성할수 있었다.

뚱땅~

효과음이 울리며,

## Quest

**합심해 단검을 제작하라.**
간단한 물품은 직접 만들어 사용하세요.
초보 여행자용 단검을 완성했습니다.
견고함이 떨어지지만 날을 세우면 그럭저럭 쓸 만한 단검이 될 것입니다.
파티 퀘스트를 완수했습니다.

"와아—"

레전드 급 아이템을 탄생시킨 것과 같은 탄성이 터져 나왔다.

모두 나를 쳐다보았다.

고작 여행자용 단검 하나로 왜 그리 흥분하냐고?

다 이유가 있다.

전에 여우대가리가 제시한 특약 사항을 조근조근 살펴보았다. 그리고 구미가 당기는 한 가지 조항을 발견했고, 그 조항을 달성한 것이다.

그것은?

> 퀘스트 보상으로 파티원 전원에게 CEN 포인트 1이 주어집니다.

그렇다. 단검을 완성하는 순간, 여섯 캐릭 전부 CEN 포인트가 1 늘어났다.

캐릭 전원이 CEN 61!

특약 사항엔 CEN을 60포인트에서 1포인트 업시키면 포인트당 10만 원의 보너스를 지불하기로 특약 사항에 기재되어 있었다.

기한은 양도 전까지이니 아직 특약 사항은 유효했다.

그제야 가상의 여섯 개릭들과 작별을 했다.

통쾌한 외침을 터뜨렸다.

"보너스 추가요!!"

큰곰이가 '오오—' 하는, 과장스레 감동했다는 표정을 지으며 여우대가리의 손을 덥석 붙들고 흔들었다.

"축하하네, 김 사장! CEN 포인트를 1 더 올렸다네그려. 자네 캐릭은 '축캐릭'이 분명하이. 김. 사.장, 보너스 추가라네."

"우휴—"

여우대가리는 터져 나오는 화를 누르느라 얼굴이 벌게졌다.

목에 걸린 단말기에 슬로우 모션으로 손이 가더니 떨리는 손으로 계좌 이체를 시작했다.

"옳거니, 540만 원일세. 허이구, 잔액 봐라. 또 우리에게 일감을 주는 거지? 일감 좀 넘겨주게. 응? 긴. 사.장."

김 사장하다 긴 사장이라… 말장난 센스가 일품이다.

"돼, 됐시다!"

이체를 마친 후 그제야 소리를 바락 지르고 마는 여우대가리였다. 그리고 가늘게,

"니밀……."

아, 한 사람의 악한 영혼이 자신의 악함에 치여 부르짖는 회한의 한탄이 감동스럽지 않은가!

감동이 쓰나미처럼 밀려왔다.

여우대가리는 벌떡 일어나더니 그냥 나가려 했다.

"어, 이봐! 캐릭은 인수해야지."

"……."

놈은 숨을 깊게 들이켜더니 자리로 돌아와 앉았다.

길게 숨을 내쉬곤 야비한 웃음을 우리들을 향해 지었다.

웅?

'놈을 웃음 짓게 할 일이 없는데…….'

악기가 느껴졌다.

PC 모드로 올라온 6개 캐릭들을 보란 듯이 신경질적으로
지우는 게 아닌가?

"저, 저런……."

육성한 캐릭들이 무슨 죄가 있단 말인가.

정말 생긴 대로 성질 고약했다. 제 캐릭 사기가 지운다는
데 누가 말리겠느냐만 그 모습에 두 형제도 아연한 표정을 지
을 수밖에.

"저, 저……."

"미, 미친……."

한 달간이나 자신의 손때가 묻은 캐릭들이라 정이 들지 않
았다면 인간미가 없는 거다.

나 역시 분노로 살이 떨려왔다.

두 형제의 황당한 모습에 놈은 그제야 만족스러운지 입가
에 하얗게 미소를 그렸다.

한 대 갈기고 싶은 빌어먹을 썩.소!

"형들은 정이 많은 게 문제라니까. 쿡쿡, 캐릭은 그냥 캐릭일 뿐이야."

"이, 나쁜 놈!! 네놈 자식은 사람 새끼가 아냐!!"

큰곰이 망연히 서 있는 반면 얌전한 작은곰이 바락 소리를 지르더니 놈에게 달려들었다.

앗! 작은곰이!!

말릴 사이도 없었다.

작은곰이가 놈의 멱살을 잡고 잘잘 흔들었다.

게임 속에서 자신과 카타르시스를 공감한 캐릭이 사라져 버린 것에 눈이 안 돌면 인간미 제로로 실망했을 것이다.

'더 흔들어, 더 흔들……'

앗, 아니다!

놈의 저 처진 얼굴에서 야비한 음모의 향기가 났다.

놈은 머리가 상하로 흔들려도 두 팔을 풀고는 기다렸다는 듯이 머리를 뒤로 제쳐 거리를 벌렸다.

이 그림은… 구타 유발 자세!

전문가의 포스가 느껴졌다.

이에 넘어간 작은곰이가 흥분한 상태에서 주먹을 뒤로 제쳤다.

"아, 안 돼!!"

몸이 즉각 반응했다. 몸을 날렸다. 가로막은 얼굴로 작은곰이의 주먹이 고스란히 작열했다.

퍼억—!

윽—!

클린 히트!!

아, 젠장. 땅 하고 얼얼한 것이 정신이 하나도 없었다.

별이 보인다, 별이 다 보여.

그제야 동작 굼뜬 큰곰이가 작은곰이를 떼어내더니 형제끼리 몸싸움에 들어갔다. 엎치락뒤치락.

"놔! 놔!!"

"얌마, 개 값 물어줄 일 있어?! 지오를 보라고!!"

"어?!"

그제야 작은곰이가 때린 사람이 나인 걸 알았는지 숨을 들썩거리며 망연히 나를 바라보았다.

"지, 지오야… 네가."

입 안이 터졌는지 피가 한 움큼 섞여서 침과 뱉어졌다.

퉤!

놈의 백색 명품 구두 위로 붉은 침이 달라붙었다.

이빨은 다행히 흔들리지 않았다. 그 와중에도 기술적으로 맞았다.

육체가 결렬하게 부딪쳤던 2년간의 경험이 요긴하게 쓰였다.

하나 체급이라는 게 있다.

"우씨, 디따 아프네."

현실의 몸빵은 이래서 고달프다. 게다가 꼭 몸빵만 하면 피를 봐요.

그러나 이 정도 폭력쯤이야.

두 형제가 나에게 달라붙어 어찌할 바를 몰라 했다.

등을 보인 상태에서 작은곰이에게 한쪽 눈을 찡긋하며 말했다.

"경찰 불러! 저 자식, 고발할 거야!!"

"으, 응?"

"저 족제비 같은 놈이 나를 쳤다고! 형들이 증인이야. 빨리 경찰 불러!"

에라 망가지는 김에 자해공갈(?)단으로 아주 망가지자.

구타 유발한 네놈 책임이야.

한데 어쩌나? 나의 센스를 이 곰들은 받쳐 주지 못하니.

도둑질도 손발이 맞아야 하는 건데.

여우 놈이 그제야 화들짝 놀라 주춤 물러났다.

뭐, 이런 놈이 있느냐는 표정으로 날 바라보았다.

자신을 오히려 폭행 사건의 주범으로 몰자 이거 영 재미없을 것이다. 놈은 억지에 기함을 하고는 째진 눈이 커질 대로 커졌다. 그제야 문이 열리며 떡대 둘이 들어와서는 여우 놈 앞을 가로막고 섰다.

"어라, 이 자식들이 이제는 사람을 집단으로 치려 하네. 그래, 쳐라 쳐!"

"뭐 이런……."

"왜, 성에 안 차냐? 치라고, 쳐보라고."

마구마구 달려들었다. 드라마에서 하는 대로 연기했다.

아침 드라마… 보시죠?

"이런……."

여우 놈은 떡대들과 함께 물러나려 했다. 이렇게 어정쩡하게 돌려보내면 매 값이 아무 의미 없다.

저놈은 목 언저리가 붉어진 손자국만으로 전치 5주 상해 진단을 받아올 놈, 저런 놈은 뒤끝이 질기다.

"사람 쳐놓고 어딜 가냐고!"

"이 자식이 정말! 내가 언제 쳤다고 그래?"

"증이이 있어. 사람 치고 그냥 갈려고? 빨랑 경찰에 신고하라니까."

"허―!"

나의 억지에 그제야 두 곰들이 가세해 동조했다.

"경찰, 경찰… 번호가……."

허둥허둥.

으이구, 움직임하고는.

했니, 안 했니를 놓고 복장 터지는 3:3 실랑이가 이어졌다.

여우 놈은 현재 제법 한다 하는 업장의 주인이다. 공사다망할 것이 자명했다.

그때 이 엉뚱한 소란에 빌딩 수위 아저씨가 올라왔다.

은퇴한 경찰 간부 출신이신 분이다.

소란은 뚝 그쳤다.

놈이 억울하다고 하소연하고 나는 부어오른 광대뼈를 보여주며 거짓말한다고 반박했다.

다시금 했니 안 했니를 놓고 지루하게 실랑이가 재현되었다.

간신히 합의서를 작성하고 여우 놈이 절대로 이 업장에 나타나지 않는다는 각서를 받아냈다.

이걸 노렸다. 물론 우리도 캥기는 게 있으니 그 선에서 그쳤다.

합의서 말미에 펜대를 쥔 수위 아저씨가 물어왔다.

"치료비는……."

"됐어요. 상판때기나 얼른 치우라고 하세요. 볼 때마다 경험치 깎이는 기분이라고요."

"……."

수위 아저씨도 피식, 하고 웃으며 상황을 대충 짐작하는 듯했다.

아띠, 얼굴 따갑게시리.

여우 놈은 허탈하고 기막히다는 표정으로 고개를 절레절레 흔들었다. 근데 가다 말고 돌아서더니 명함 뒷면에 뭔가를 적더니 나에게 건넸다.

"치료비 필요하면 연락하세요. 저 그리 막힌 놈 아닙니다."

"……?"

어라, 이건 무슨 시추에이션?

여우 놈이 등을 보이자 명함 뒤의 메모를 살펴보았다.

시급 8,000원. 식사, 교통비 별도 제공.

어라? 스카웃 제의네.

'훗, 나 같은 인재를 알아보다니… 트이긴 트인 것 같다.'

하나 저런 놈하고는 억만금을 주어도 엮일 생각 없다. 돈 맛을 보겠지만 얼마나 가겠나. 그런 것쯤 이미 충분히 경험했다.

착한 사람을 알아보는 눈은 없어도 못된 놈을 알아보는 눈은 있다고 자부한다.

명함을 박박 찢어버렸다.

두 형제가 놀란 눈으로 나를 빤히 쳐다보았다. 일부러 보이려고 한 행동은 아니지만 약간 얼굴이 붉어졌다.

인생 뭐 있나, 속 편하게 사는 거지.

놈은 가고, 남은 우리는 수위 아저씨의 잔소리를 30분 정도 들은 뒤에야 쉴 수가 있었다.

건물 내에서 폭행 사건이 일어나면 이 아저씨도 난망하긴

할 것이다. 감사하고 백번 이해합니다요—

난 왜 이리 못된 놈 알아보는 눈이 발달해 가지고… 오늘 피해가 막심했다.

커흑, 현피(현실 PK)라니, 이 고운 얼굴이…….

＊　　　＊　　　＊

"지, 지오야, 미안하다."

"괜찮아유, 살다 보면 이럴 수도 있고 저럴 수도 있는데. 재수없는 놈 쫓아냈으니 된 거 아닌감요."

볼이 퉁퉁 부어 웅얼웅얼한 것이 한물 지나간 개그맨 어투로 말이 새어 나왔다.

"너, 너 정말… 얌전한 지오 맞냐?"

"헤헤, 제가 한때 좀 놀았지요."

"좀 논 정도가 아니 것 같다. 혹시… 보험 사기단 같은 데서 아르바이…….''

"그랬으면 왕창 우려냈지, 저렇게 보냈겠어요?"

그런데 뭐시라?

이 아저씨들이 살신성인을 어디에다 결부시키는 거야!

빠직!!

기껏 매 값 벌어주었더니… 에혀, 상상의 한계라 하자.

하지만 눈꼬리가 치켜 올라갈 수밖에 없다.

사람을 어디다 취직을 시켜?

찌릿찌릿, 눈에서 광선을 발사했다.

자고로 재벌 아들 아니면 주먹질 말라 했다.

"험험, 우리 때문에 정말 미안해."

"형이 안 쳤으면 난 실망했을 거유. 나쁜 시끼, 캐릭도 또 하나의 자신인데… 자기 분신을 내버리는 놈이 어디 있어? 요즘은 개도 안 버린다고."

"그래, 못난 우리 때문에 네가 무슨 고생이냐."

"잘됐으니까 신경 쓰지 말라고요. 칼칼한데 렙업 쥬스나 땡깁시다."

"고, 고맙다. 우리와… 얼마나 알았다고…….."

작은곰이 뒤로 돌아서 눈자위를 문질렀다.

이들이 나에게 너무 미안해하는 것도 부담되었다. 싱거운 농담을 몇 마디 던져 분위기를 예전처럼 돌리려 노력했는데 잘되지 않았다.

이 두 형제는 가상의 삶은 격렬했지만 현실의 삶은 격렬하지 못했을 뿐이다. 너무도 착한 사람들… 괜찮데도 그러네.

"아이템 정리나 하죠. 유종의 미를 거두자고요."

"그래."

그제야 두 형제의 입에서 미소가 걸렸다.

이 둘을 현실로 돌리는 것은 게임임이 분명했다.

자리에 앉았다.

"어! 이게 뭐야?"

화면에 떠 있는 것은 눈에 익숙한 캐릭들이 아닌가.

하나, 둘, 셋… 여섯!

지웠다는 캐릭이 왜 지워지지 않고 그대로 있지? 유령?

두 형제들도 이 사실을 확인하고는 어리둥절한 표정으로 원인을 찾았다.

"하하하."

곧 우리 모두에게서 헛웃음이 흘러나왔다.

그것은 여우 놈이 흥분한 나머지 자신은 다 지웠다고 생각했는데 한 단계 더 남아 있었던 것이다. 이름하여 확인 절차!

한 달 걸려 60레벨까지 키운 캐릭을 단번에 지울 수 없는 게 당연한 절차다. 이를 미처 확인하지 않은 상태에서 작은곰이에게 목이 붙들린 것이었다.

여하튼 여섯 캐릭은 죽지 않았다. 그러면?

캐릭들은 양도 가능한 상태창에서 타인에게 양도할 것인지, 정말로 지울 것인지를 물어보는 커서 바가 심장 박동과 같이 껌벅껌벅거리고 있었다.

길거리에 떨어진 만 원짜리를 발견한 동네 개구쟁이들의 눈빛이 우리 모두에게서 빛났다.

"이런 재수가—!"

우리는 범죄를 공유한 범죄자의 심정으로 여우 놈의 캐릭을 양도하겠다고 선택했다.

익히 알고 있는 비밀 번호를 누르고 전부 나에게 입양시켰다.

그렇게 여우 놈의 캐릭터들은 자신이 원하는 대로 완전히 사라져 버렸다.

"험험, 우린 당분간 이 게임 접을 거니까 네가 알아서 처리해. 다 너 아니었으면 안 되는 일이었잖아. 빅 보너스지."

"그래도……."

"잘 키워봐라. 퀘스트도 즐기지 않고 키웠으니까 성장 잠재력은 무궁무진할 거야."

"…예."

"멀티 트레이너에의 도전도 생각해 봐, 너라면 충분히 가능성 있어. 여우대가리도 그 점을 한눈에 알아본 거지. 시급 2만 원! 지오라면 꿈이 아니지, 암."

"아—!"

순간, 새로운 목표가 생겼다.

멀티 트레이너!

어느 업장에서나 반기는 시급 2만 원의 멀티 트레이너…….

"아이스크림 아르바이트 마치면 놀러 오고. 너라면 대환영."

"아이스크림 자투리 남는 거랑 파인애플이랑 교환해요."

"너니까 패스!"

"하하하."

"허허허."

우린 장래에 대해서 아직 깊이 있게 의견을 나누지는 않았다. 하나 이들과는 곧 그렇게 될 것 같은 예감이 들었다.

베풀 줄 알고, 자부심 높고, 유머 감각도 있고…….

피는 누구보다도 뜨겁고.

이들은 보기 드문 이 시대의 신사다. 그리고 난 일곱 캐릭의 주인이다!

…시급 2만 원의 멀티 트레이너로서의 도전이 기다리고 있다.


『기갑전기 매서커』 2권에 계속…

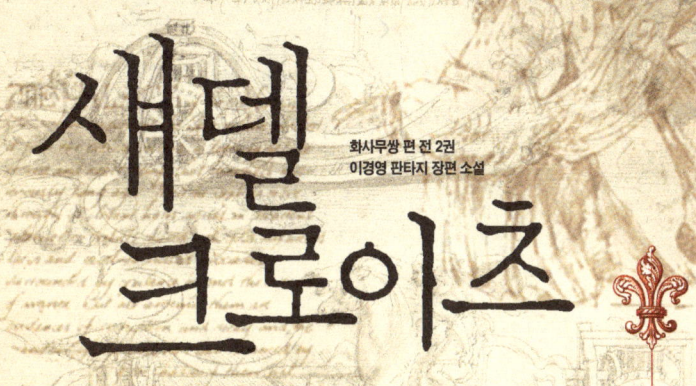

# 섀델
# 크로이츠

화사무쌍 편 전 2권
이경영 판타지 장편 소설

『가즈나이트』의 명성과 신화를 넘어설
이경영의 판타지의 새로운 상상력!

자신만의 독특한 세계관을 창조한 작가
이경영의 새로운 도전과 신선한 충격.

바란투로스의 특수부대 섀델 크로이츠의 리더 파렌 콘스탄.
야만족을 돕는 안개술사를 물리치기 위해 아시엔 대륙에서 온
불을 뿜는 요괴 소녀 카샤.
너무나 다른 두 사람이 운명의 길에서 만나다.
친구란 이름으로 시작된 모험, 그 앞에 놓인 난관과 운명의 끈은
어떻게 될 것인지……

"질투가 날 만도 하지.
요괴가 산신령을 엄마로 두는 건 흔한 일이 아니거든.
괜찮다, 파렌. 본좌가 아는 요괴들 전부 본좌를 질투하고 부러워하니까."
소녀는 손에 잔뜩 받은 빗물을 홀짝 마셨다.
파렌은 그 순수함에 웃음을 흘렸다.
그는 지금까지 자신이 봤던 그녀의 기이한 행동들을 어렴풋이나마 이해할 수 있을 것 같았다.
그렇게 친구가 된 둘은 그 길로 긴 여행을 떠나게 된다.

본문 중에-

세상을 보는 또 하나의 창 - inthebook.net
유행이 아닌 자유추구 - chungeoram.net

Book Publishing CHUNGEORAM

학교에서는 가르쳐주지 않는
# 10대들을 위한 인생수업

작가 : 이빙 | 역자 : 김락준

10대들을 위한 나침반 같은 인생 교과서!
사회 초입에 들어서게 될 청소년들에게 들려주는
100가지 인생 이야기

## 내 인생의 방향잡기!
## 여행길에 오르기 전에 접해보자!

### 100가지 이야기, 100가지 명언

사람은 태어나면서부터 각기 다른 모습으로, 각기 다른 사고로 "인생" 이라는
여행길에 오르게 된다. 내가 지금 서 있는 이 위치에서 그리고 사회라는 공간에서
한 사람의 몫을 당당하게 해낼 수 있는 역량을 키워나가기 위해서는 어떠한 생각을
가지고 있어야 하는 걸까.

### 늦지 않게 준비하자! 스스로의 마음가짐이 자신의 미래를 결정한다!

설레는 마음으로 떠난 길일지라도 기존에 생각하고 있던 것과는 다르게 흘러가는
사회의 모습에 당혹스럽기도 할 것이다.

그러한 곳에 발을 들여놓기 위해 첫 발걸음을 막 뗀 청소년이라면 학교에서는
미처 배우지 못한 상황에 더욱이 큰 혼란스러움을 느낄 수밖에 없다.
시간이 흐를수록 사회가 한 인간에게 요구하는 것은 다양하고 세밀해지고 있다.
그러한 사회 속에서 자신만이 앞으로 나아가지 못해 제자리걸음을 하게 된다면 어떠할까.
미리 대비를 하지 않는다면 당신 역시 그러한 현상에 빠지는 또 한 명의 사람이 되고 말 것이다.

### 책장을 넘기는 순간, 책과 당신의 공감대가 형성된다!

적응을 위해 도움이 될 만한
인생의 지혜와 경험, 깨달음이 한가득 담겨있다.
그 속에 담긴 100가지 이야기 그리고 그와 관련된 100가지의 명언은
가슴 깊이 새겨 놓고 되뇌어 보기에 충분하다.

세상을 보는 또 하나의 창 - inthebook.net
유행이 아닌 자유추구 - chungeoram.net

Book Publishing CHUNGEORAM

# 공부하는 감각의 차이가 자녀의 미래를 결정한다.
# 이 시대가 필요로 하는 명품 인재 만들기!

*Luxury Study habit*

## 명품 공부습관 87가지

올바른 습관이 명품 자녀를 만든다

저자 : 친위
역자 : 오혜령

### ❖ 똑소리 나는 부모의 똑소리 나는 자녀 교육법!

어린 시절의 습관은 평생을 결정한다.
제대로 바로잡지 못한 나쁜 습관은 자녀의 미래에 검은 그림자를 드리울 수도 있다.
대부분의 부모들은 아이의 잘못된 습관을 발견하면 언성을 높이는 경향이 있다.
하지만 그것이 문제 해결의 방법이 아님을 당신은 이미 알고 있을 것이다.
지금 당신은 적절한 대안을 찾지 못해 힘겨워 하고 있지는 않은가.
내 아이가 명품 인생으로 살아가길 희망하는 부모라면 이 책에 귀를 기울여 보자.

### ❖ 내 아이가 세상의 중심에 우뚝 설 수 있게 하는 방법!

이 책은 잘못된 공부습관과 대인관계 형성 등의 문제 등을
87가지 이야기를 통해 알아보고 그에 걸맞는 올바른 해결책을 제시해주고 있다.
이 한 권의 책을 통해 똑소리 나는 부모가 되어보자.
그리고 내 아이가 최고의 명품으로 거듭날 수 있도록 노력해보자.
이 책은 분명 당신에게 꼭 맞는 효과적인 자녀교육서가 될 것이다.

세상을 보는 또 하나의 창 - inthebook.net
유행이 아닌 자유추구 - chungeoram.net

Book Publishing CHUNGEORAM

# Rhapsody Of Cardinal

# 카디날 랩소디

송현우 판타지 장편 소설

## 놀라운 경험(the enormous experience)!

He created a completely new world.
It is a place who have never known and where never been able to imagine.
This splendid world will introduce the enormous experience for the person only who reads.

그 누구에게도 알려진 것이 없으며 상상조차 할 수 없었던 새로운 세계를
작가는 완벽하게 창조해내었다.
이 멋진 세계는 독자들만이 체험할 수 있는 놀라운 경험으로 인도할 것이다.


판타지는 허구다? 아니다. 판타지는 일상이다.
우리의 삶은 연속된 판타지의 연장선상에 놓여 있고,
상상은 우리의 일상을 더욱 살찌운다.
『카디날 랩소디(Rhapsody of Cardinal)』를 경험하는 독자들은
더욱 풍부한 일상 속에서 새로운 삶을 경험할 것이다.
멋진 만남! 흥미로운 경험! 이것이 『카디날 랩소디』가 가진 장점이며,
작가 송현우가 독자들에게 바라는 꿈이다.

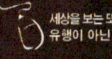
세상을 보는 또 하나의 창 - inthebook.net
유행이 아닌 자유추구 - chungeoram.net

Book Publishing CHUNGEORAM